ラブライブ!
School idol diary
～絢瀬絵里～

著
公野櫻子

イラスト
室田雄平
音乃夏
清瀬赤目

ラブライブ! School idol diary ～絢瀬絵里～

もくじ

口絵イラスト／作画：音乃夏　彩色：まろっぺ
ＳＤイラスト／作画：清瀬赤目

μ'sメンバー紹介①

絢瀬絵里
ELI AYASE

ロシア人の血をひくクォーターで、金髪碧眼の高校３年生。音ノ木坂学院の生徒会長として活躍している。頭脳明晰、スポーツ万能でおまけにスタイルにも自信アリ♡　のマルチに活躍できる頼もしいメンバー。

μ'sとは?

音ノ木坂学院を
廃校の危機から救うため、
９人の少女たちが結成した
スクールアイドルグループ。

μ'sメンバー紹介②

高坂穂乃果
HONOKA KOSAKA

高校２年生。ことり&海未の幼なじみにして"μ's"のリーダー。実家は地元の老舗和菓子屋"穂むら"を営んでいる。しっかり者の妹、雪穂とは２人姉妹。

西木野真姫
MAKI NISHIKINO

高校１年生。ピアノが得意で、μ'sの曲作りも担当している。両親が大病院を経営しているお嬢様で、成績も学年トップという秀才。

星空 凛
RIN HOSHIZORA

花陽と大の仲よしの、高校１年生。考えるよりも体を動かすことが得意で、特に走るのが大好き。語尾に「にゃ☆」をつけるのが口癖。

東條 希
NOZOMI TOJO

パワースポットめぐりやタロットカードなど、スピリチュアルなことが好きな、高校３年生。バストサイズはメンバーの中で一番♪

園田海未
UMI SONODA

高校２年生で、ことりと穂乃果の幼なじみ。日舞の家元の娘で、幼いころから舞踊とともに、弓道や剣道といった武道にも励んできた、凛々しい少女。

南 ことり
KOTORI MINAMI

高校２年生で、穂乃果・海未の幼なじみ。裁縫やお菓子作りが得意で、μ'sのメンバー全員分のステージ衣装の制作を担当している。

小泉花陽
HANAYO KOIZUMI

高校１年生。恥ずかしがり屋で人前に出るのが苦手な性格。白いごはんが大好物で、その誘惑に負けては、いつも体重を気にしている。

矢澤にこ
NICO YAZAWA

高校３年生。幼いころからアイドルを目指しており、ヘアアレンジやオシャレが大好き♡　キャッチフレーズは「にっこにっこにー」。

μ's活動日誌

本日の
お当番

〜絵里〜

ELI

01 2人の理由。

バッカみたい。

そう——思わず口が動きそうになるのに気がついて。
あわててこらえたら、少しモゴモゴしちゃった。
放課後の生徒会室。
どことなくざわざわしてる春の校舎では。
新学期が始まったばかりのせいか、なんだかいつもとは違って、やけに忙しそうに——舎内を行き交う生徒たちの姿が目立ってた。
そんな中でも、私たちのいる生徒会室はとくに——ざわざわ。
いつもよりも20%増しぐらいで、みんなの動きも。
バタバタ。加速がついてる。
そのとき、動きを止めた私に。
となりで一緒にプリント配布の準備を手伝ってくれてた後輩の2年生が——なにかありました？っていう目でこっちを見た。
半分以上開け放した窓の向こうから、少しだけ埃くさい、かすかに桃色の花の香りがする春の風がふわりと——舞い込んでくる。
ふと我に返って。
うぅん、べつになんでもないの——そういうようにニッコリ微笑んで見せて。もう1回ひとりごちる。
今度は、だれにも聞こえないようにしっかり胸の中で。
頬に張りついたこの生徒会長スマイルはそのまま。

〝ちょっともう、この忙しいときに、なにそんなに楽しそうに話し込んじゃってるのよ、今日は他にもいろいろやることあるんだからね——!!!〟

バカ希め。

気にしているのを気取られないように、必死にそらす視線の端には、大げさなつくり笑顔で、身振り手振りも楽しそうに話してる——希の横顔があった。

ふん、だ。

ちょっと2年生のかわいい子に頼られたからって、あーんなに鼻の下伸ばしちゃって。

ばっかみたい。変な顔!

得意のエセ関西弁だっていつも以上にモリモリで——あ、ほら相手の子、もうなに言ってるかよくわからなくなって困ってるんじゃない?

「ほら、希!　こっちもうできてるよ?　あとは職員室に運ぶだけ。そっちは?」

私がいきなり声をかけたら。

恐縮するべき1番手のはずの希はポカーンと間抜け顔を見せて。

かわりに相手をしてた2年生のほうが慌てて言った——。

「あ、ご、ごめんなさい!　あんまりお話が面白かったからつい長居しちゃって。お邪魔してごめんなさい。もう私行きますから――」

焦って振る手のしぐさもかわいいのは、2年生でも1、2を争うかわいさになってきたと最近評判の――南ことりちゃん。

「あ、やだ、ごめん。そういう意味じゃないの！　なんかこっちで聞いてたら、また希がアイドルになるとか、名前の運勢占いとか、わけわかんないこと言って困らせてるみたいだから、そろそろ解放してあげなきゃって思って」

そう言って私がウィンクして見せると、ことりちゃんが小さく笑う。

やだ、もう。希のせいで誤解されたじゃない！　だから私は希とつるんでるといっつも損するっていうか――。

「ああ、ほんとにもう、いくらことりちゃんがかわいいからって、希ってば、どうせまた変な思いつきでアイドルにならないかなんて誘って、後輩を困らせてヒマつぶししてるんでしょう？　もうほんとズレてるっていうかわけわかんないっていうか。そんなところでサボってないで、こっちにはまだいっぱいやることが――」

言いかけた私に、あわててことりちゃんが言った。

「あ、違うんです！　あの、アイドルになりたいって相談してるのは私たちのほうで――」

ことりちゃんが少しだけ、恥ずかしそうに顔を赤くした。

はい？

どゆこと？

希が勝ち誇ったような顔で私を見下ろす。

「そやさかいな、ウチが運気のめちゃめちゃアップする、えーえグループ名考えたげよっていま言うててん♪」

「ありがとうございます――でも、本当に大丈夫なんです。オトノキのみんなのために、音ノ木坂学院存続のためにやりたいスクールアイドル活動だから、やっぱり名前は公募がいいねって、穂乃果ちゃんたちと相談して決めたので――♡」
音ノ木坂学院存続のための。
スクールアイドル？？

花咲く春の日。
それは来るべき廃校の日に向けて、いよいよあと3年のカウントダウンのスタートを切った始業式の日からほんの数日で。
こうして――私の耳に初めて飛び込んできた、得体のしれない小さな小さなニュースのかけらだった。それはまるで乾いた春の風に乗って飛ぶ、桃色の桜の花びらのように――。
小さくて頼りなくて儚《はかな》くて。
とても現実のモノとは思われないような。
きっとこの手でぎゅっとつかんだらたちまち押しつぶされて消えてしまいそうな。
それでも――。
どこかいつまでも。
心を惹かれる、小さな小さな、あの花のように軽やかに。
私の心の奥のどこかをずっとそっと。
つかんで放さずに、その一部を震わせて――不思議な音をちりちりと奏で続ける、そんなニュースだったの。

「いったいスクールアイドルってなんなの？」
両手に重たい紙袋を提げて、遅れてしまったスケジュールを取り戻すために、せかせかと道を急ぎながら、横を歩いてる希のほうを見もしないで聞いた。
秋葉原駅近くの路上はいつも通りの人出。
周囲には、お買い物に来たらしい外国人や、見るからにマニアっぽい大学生——そうかと思えば、ごく普通のスーツ姿のサラリーマンやら制服姿の学生、もちろん電器店やカフェの呼び込みなんかもチラホラ——ま、要するに本当にいつも通りの秋葉原の平日の午後の風景が広がってる。
希は、ゆっくりに見えるのになぜかしっかりついてくるあのいつもの不思議な歩調を一瞬止めて。また大げさに驚いた顔をしてみせた。
「ええ〜っ、さっすがエリーチカ、今どきスクールアイドルも知らへんの？　うーん、そしたらなんや言いにくいことかもしれへんけど、あの、エリちがよくスカウトされて自慢したりしてる読者モデルよりもな——もうどっちかいうたら、今ではスクールアイドルのほうが旬!!っていう感じの女の子のあこがれの存在やんな♡　なにしろ女の子ならどんなコぉやって大好物の、キラキラふわふわ♪　星とハートとリボンでできてるアイドルワールドの住人に——だれでもとりあえず部活でなっちゃおう！っていうふうにな——」

言いながら踊る希。

気色悪。私は思わずおえーっと舌を出して見せる。

「もう、そんなことはわかってるってば！　スクールアイドルが最近流行ってることぐらい私も知ってるわよ。こう見えて現役の生徒会長なのよ？　部活の計画書にハンコを押すのは私だし、他校との連絡協議会だってあるんだから他の学校の部活にも詳しいし――」

言いながら手にしてる重い手提げの紙袋を見ると。

中に入ってるのは、これから近隣の中学校に配る予定の、生徒会制作の音ノ木坂学院の広報パンフレット。

書いてあるのは音ノ木坂学院の未来について。

つい最近発表されたばかりの――廃校予定の将来。

ふぅ。

思っただけで小さくため息が出ちゃう。と同時に。

「あ、知ってたん？」

希の踊りが変なところで止まったから、変な格好になった。

この子――わざとやってるでしょ、絶対。

「そうよ。だからね、私はウチの学校にスクールアイドル部がないことくらいは重々知ってるの。なのに――」

いったいどういうことなの？

一瞬、のどの奥で言葉が詰まった。

ことりちゃんがスクールアイドル部を新しくつくるっていうこと？

それも。
音ノ木坂学院存続のための——スクールアイドルだなんて。
あと3年で廃校になることがすでに決定してるこの学校の？
聞き捨てならない。
そんな気がして。希を見る目がついきつくなる。
「いったい——どういうことなの？　まさか希がまた適当なこと言って安請け合いしたとか」
言いながら少し背中がぞっとする。やだ、もし本当にそうだったらどうしよう——この期に及んで新しい部活の生徒会申請なんて、そんな余裕ないのに！
私はせっかく、今のこの時点の音ノ木坂学院を精いっぱい盛り上げて、潔《いさぎよ》く、格好よく、できる限りの有終の美を飾るために生徒会長に——。
立候補したのに。

♥♥♥♥♥♥

思い出す。
あの日のこと。
それは、私も希もまだ2年生だった秋——うぅん、その年はじめての木枯らしが吹いた、冬の始まりのころのことだった。
もうそろそろコートの季節だなぁって、ぼんやり思いながらの帰り道。ついに——先生方の説得に負けて、憂鬱な気持ちでいた私。

ああ、生徒会長に立候補することになるなんて。

それまでずっと帰宅部で、とくに積極的な学校活動なんてしたことのない私は、このハーフ丸出しのルックスで、どっちかっていったら、非模範的な、遊んでばっかりの適当でだるーい女子高生生活を送って来たのに。

ありえないありえないありえない――百万回でも言い返す言葉は私の中に渦巻いていたけど。

でも、それまでに何回も呼び出されての先生の説得と、つきつけられただれも立候補者のいない現実――そりゃそうよね、もう来年には廃校の運命が決定しそうだっていう公立学校で、高3にもなって受験もあるっていうのに面倒な生徒会長役を引き受ける子なんていないもの。だいたい中学生じゃあるまいし、私立の学校では普通生徒会長って高2がやったりするでしょ？　いくら公立だからって３年にやらせる仕組みがそもそもおかしい――なんて。

そんな本当なら全然私には関係のないはずの学校側の事情と、みんながやらないから私に、なんていう先生の無理な理屈に――頭の中で反発はしても。

胸の奥では――説得の最中に担任の教師から言われた言葉が、グイッと私の中のなにかを押さえつけてた。

「もう他にだれもいないのよ。ほかに推薦が取れそうな成績で、ずっと地元育ちの生え抜きの新3年生っていうのが――」

言われて、ひどくドキッとしたの。

あ、推薦が取れそうな成績っていうほうじゃなくて。

ずっと地元育ちの生え抜きの新3年生――。

え、私って――そんな立場？

本当に、ほかにいない？　本当に？？

たちまちなじみのある同学年の生徒数人の顔が頭に浮かんだけど。
そう言われたら、たしかにそうかもしれない。そうも思った。
少子化の影響でたったの全6クラスしかないとはいえ、一応国立の高校だから、近いっていっても御徒町だったり門仲だったり、一駅二駅でも電車で通う距離の子のほうが多かったし。
もちろん徒歩や自転車の子もいるけど、考えてみれば、その中では私がいちばん、ここに長く住んでる。
音ノ木坂小学校から音ノ木坂中学校、そして――音ノ木坂学院。
都心には珍しいザ・公立コース。
しかも金髪のクォーターなのに。
くすっ。我ながら笑っちゃった。
先生が畳みかける。
「祖父母の代からここに住んでる絢瀬さんなら、地域のこともよくわかってるし、うってつけだと思うの。どう？　ずっとお世話になってきたこの街に恩返しのつもりで――きっとお母様やおばあさまも喜ぶんじゃないかしら？」
胸がズキズキした。
そう言われると弱い自分にちょっぴりびっくりして。
「え、でも私、成績はそこそこでも優等生っていうわけじゃないから、やっぱりそんな柄じゃないし――」
そう言いながら。心のどこかではもうあきらめてた気がする。
〝でももう本当に困ってるの、絢瀬さんが最後の砦なの、引き受けてくれないと会長が空席のまま生徒会が空転しちゃう――。〟
並べ立ててる先生の前で。
いつまでもいつまでも言いよどんでる自分がなんだか嫌になって。

ついに言っちゃった。

「わかりました――もう、私でよければなんとかします！」

目の前の先生の顔がぱぁっと輝いたのと同時に、ずーんっと背中になんか重い荷物がのっかってきたような気がして。

憂鬱になった。

あーあ。本当にもう！

いつだって私ってば最高に弱いの。

チキンレース。

学級委員だって鼓笛の指揮者だって学芸会の司会だって――じりじり。貧乏くじを引きたくないばっかりに、選ばれないようにうつむいてだんまりでいるあの時間が大嫌いで。

いつだって待ちきれずに自爆しちゃう。

今度こそは――楽しようって。

変な偽善的自己犠牲の精神はやめようって、高校に入ったときからそう思ってたのに。

最後の最後にオオモノがやってきちゃった。

「あーあ、もう！」

職員室からの帰り道。大きな声で叫んだら――。

それまでただ黙々と私の隣を歩いてた希が言った。

「そんなに嫌なら、ウチも少しだけつきあってあげよか？　そんで――エリチの気が軽くなるなら、な♡」

嬉しくて。

泣き笑いしちゃった。

そのあと訳もわからずムキになって、盛り上がって、ふたりで一緒に作った生徒会選挙用のポスターは、今でもウチにとってある。
選挙にでるならやっぱり〝人気上昇の開運デザイン〟が大事だっていう希の提案で「運気ばっちり」デザインで作った1枚を、学校でプリントしてもらおうと思って持って行ったら、先生に笑われて。
「他に候補がいなんだから、もちろん無投票当選よ——選挙はないわ」
そうよね、選挙で戦うくらい人気の役目ならはじめっからこんなに説得なんかされてないし。
ふたりして自分たちの間抜けさに大笑いしながら、帰ったあの日。
急に——カラフルになり始めた自分の学校生活に、こういうのも悪くないって思い始めた私は、決心したの。
やるって決めたからには。
絶対にこの生徒会を成功させてみせるって。
そしてこの生徒会を成功させるっていうことはつまり——ついに廃校に向けて動き出そうとしている音ノ木坂学院を美しい終着点に向けてきちんと着地させること。
この学校とこの街を愛した——すべての人に。
悔いのないフィナーレを迎えさせる準備を始めること。
だから廃校までの3年計画——そのファーストステップをエリチカ

のこの手でしっかり作り上げてみせる！

そうね、そのためにまずは生徒会のメイン活動になる学校行事では廃校に向けてのカウントダウンをしっかり盛り上げること。また廃校と同時にすべて廃部となる部活を最後まで尻すぼみになることなく盛り上げてきちんと維持すること。そしてタイムカプセルや植樹なんかの定番イベントの回収に、廃校に向けてのオリジナルイベントも考えて——もう、やらなきゃいけないことは山盛りなんだもの。

そんな目標を定めた私の決意は、この春から一気に。

いよいよ本格的に始動するはずだったんだけど——。

「おおおぉ——い♪　エリち〜、聞こえてる〜？　どっかめっちゃ楽しいパラダイスに脳みそだけ行ってしもてるなら、ウチも一緒に連れてってや〜♡」

おちゃらけた声がする。

一瞬の白昼夢。

雲散霧消して飛び去った思いが——まだ私の中に軽く残ってた。

「もう、希が一緒についてきたら、いつも面倒ばかりかけられて、パラダイスがパラダイスじゃなくなるってば！」

軽く言いかえしてから、あっと思い出す。

「ちょっと、ごまかさないでよ、希——それで結局、いったい3年後に廃校になるって発表されたばっかりなのに、今から〝スクールアイドル〟を始めるってどういうことなの？　生徒会としては、今ある活動を維持するだけで精いっぱいなのに新しい部活の創部の申請なんてありえないわよ!?　ことりちゃんとやけに訳知り顔で話してたけど、まさか希が一枚かんでるなんていうことは、ないでしょうね？　もしそうだったら私――」
言いかけた私の言葉を遮るように。
希がにっこり笑った。
「そのまさか――やねんな♡」

さっすが、エリちは理解が早い～♪とふざけて手をたたく希の顔を呆然と見て。
絶句。
この人ってば、本当に――わけがわからないんだから、もう！

Comments♡ことり

このころの絵里ちゃんは、生徒会長の仕事に本当に一生けんめいで、おまけにとっても美人で頭がよくて、ことりから見たら、かっこいいあこがれの――でもちょっぴり近寄りがたいような遠い存在の、3年生の先輩でした。それがいまこんなふうに――一緒にμ'sをやることができて、ことりは本当に幸せだなって思います♪　口では冷たいようなことを言ってても、最後はいつも頼れる絵里ちゃん。チキンレースは負けるが勝ち、ですよね♡

02 2人の理由。(つづき)

「あの子たちって——なんや、かわいいねんな♡」
希は人をドキッとさせるようなセリフをぽつりと言ってから。
「いや、べつに変な意味じゃなくて、ただなんか一生けんめいでかわいらしっていうか、いじらしっていうかなんていうか」
そう言って少し照れながら希がした説明——というより、言い訳によると。
それはこういうことらしかった。

4月の新学年が始まって、みんなそれぞれの新学期を迎えた日。
2年生の高坂穂乃果ちゃんは、その日、初めて——。
この事実を知ったらしい。
この、私たちの音ノ木坂学院が廃校になるっていうこと。
……はぁ。
のんきなものよね。
相変わらずっていえばそうなんだけど。
でもこの音ノ木坂学院では、少子化で生徒数が減少し始めた10年以上も前からその噂はずっとあって(私たちが入学するころにはもうすでにあと何年もつかって言われてたのに!)、みんなの間ではついに秒読みだとか、今年こそはっていう話はもうずーっとずっとここ何年もささやかれ続けていたのに。

きっとこれだけバリバリの地元っ子で（彼女の家は地元でも有名な名物の和菓子屋さんよ）、そのことを知らなかったのは穂乃果ちゃんくらい。私も同じ小学校の出身だから、ひとつ下の穂乃果ちゃんのことはよく知っているけれど。

あれはもう天然っていうか――うーん。それを通り越して、なんか、幸せ者っていう感じ？

私なんて、もう入学する前からこれからオトノキどうなっちゃうんだろうってちょっぴり心配していたし、入学後はさすがに在学中の廃校閉鎖はないかなとか、この学校がもしなくなったら跡地はなんになるんだろう、やっぱり大きなビルが建つのかな、どうせだったら大きなショッピングモールとかできたら――とかいろいろ。

先まわりして考えちゃってたっていうのに。

でもそんな穂乃果ちゃんが、〝まさかの〟3年後のオトノキ廃校の事実を知ったとき。

そのとき彼女は倒れそうなくらいにびっくりして、それで――その次の瞬間には、なぜかもう勝手にスクールアイドルになって（オトノキにはそれまでスクールアイドルなんて影も形もなかったのに！）学校を盛り上げるっていう決心をしてたっていうんだから――。

……。もうわけがわからないわ。

あ、もしかしてそういうところが希と気が合うところ？

っていうか、さっき希が仲良く

話してたのはことりちゃんか——。
でもまあ、とにかく。
スクールアイドルって、私も知ってるわ。
最近流行り始めた部活。
一言で言っちゃえば、アイドルにあこがれてる普通の女の子たちのなんちゃってアイドル活動よね？
私は、学校に普通にあるダンス部とかチアリーディング部とかバトンワリング部で——十分間に合うような気がするんだけど。
とにかくなんだか流行ってる。
その先駆けは、この音ノ木坂学院のすぐ近くにある新設のUTX学院が仕掛けた芸能科のセミプロアイドルグループらしいんだけど、まあ私はそんなことには全然興味がないからそれ以上はとくに気にもしてなかったし。
そもそも音ノ木坂学院にはスクールアイドル部どころかダンス部もチア部もないしね。
それがなんでいきなりの「スクールアイドル」かっていうと。
〝みんながあこがれるようなスクールアイドルになって、この学校が有名になったら、きっと入学したいって思う子が増えるはず!!〟
っていうことらしい。
ああ。
もうあちこち突っ込みどころが満載過ぎて、なにも言う気が起きないわ。
〝みんながあこがれるような〟人になるだけでも一苦労だし、〝アイドル〟って歌とかダンスとか必要だし、アイドルとして有名になるなんて、そんな簡単に実現するわけがないし、たとえ仮に百歩譲って、アイドルとして有名になっても——〝学校が有名〟になるとは限らないし、ましてそのおかげで入学志望者が増えるとは——。
到底思えないし。
なにしろもうあと3年で廃校になることが決まってる、こんな学校に。
ごくごく普通に考えて、だれが入ろうって思える？
私は——手に提げた紙袋の中にぎっしり入ってる、パンフレットの中の文言を思い出したの。
自分で書いた生徒会長挨拶。

「私たちが音ノ木坂学院と一緒に過ごせる時間はもうあとわずかかもしれませんが、精いっぱいの感謝を込めて有終の美を」
「長い伝統と歴史を持つこの学校の最後の時間を一緒に——」

それなのに今から廃校回避のための活動？
しかもスクールアイドルになって!?
脱力しまくる自分の心を必死に鼓舞して、あえて言えば。
少し、遅かったと思うわ。
せめて去年——いえ、もう1年前だったら少しは希望の光もあったかもしれないのに。
そう思いながら、希の言ってた3人のメンバーの顔を思い浮かべる。
高坂穂乃果ちゃんに南ことりちゃん、園田海未ちゃん。
確かに2年生の中でも、元気で明るくてかわいくて。
応援してあげたくなるような、かわいい子たちではあるけれど——。

いつか口を閉じた私に、希がにやりと笑ったので。

「それで希はいったい、そこにどう絡んでるっていうのよ？　まさか自分がアイドルになれる——なんて思うほどおめでたくはないでしょうね!?」

なるべく冷たい口調で言ってやった。

「あちゃー、そんな言わんでも♡　たとえ縁起の悪い死に番の４番目入部のメンバーでも、このラッキーパワーガールのウチなら、そんなところもチャームポイントにしてはねかえしたる！って思うててんけど——」

「そんなことあるわけないでしょ！　だいたい今年はもう私たち、3年なのよ？　スクールアイドルとか言ってる場合じゃないし、それに希ってば私が生徒会長になるとき、一緒にやってくれるって言ったじゃない！　私、だから——」

浮わついてる希を思い切り非難してやろうと思って口を開けたら、ひゅっと飛び出た言葉に自分でもびっくりして。

口をあうあうさせちゃった。

やだ、私ったらこれじゃあまるで、希をとられて嫉妬してるみたいじゃ——。

顔が赤くなるのがわかる。

そうしたら希が慌てて言った。

「あ——ごめん、ごめんて！

そういうつもりじゃなかったん。

ウチはもちろん、エリちの生徒会のお手伝いがいちばんって思ってるけどな、ほら――エリちの言う通り、進学の推薦とかにも役に立つかもしれへんし♡　だからほんまのこと言うたら、ただ、ことりちゃんや穂乃果ちゃんたちからな、どうやって部活の申請したらいいのかとか――相談されただけなん。ウチって、こう見えてデキル子ぉで、生徒会にもなにかと出入りしてるしな♪」

「それは――ただ私にくっついてきただけでしょ」

「うんまあ、そうやんな♡　ほんでも、実はなんやこないだ屋上に午後の授業サボりに行ったらな、あの子らが練習してるのにでくわして。そしたらなんやどうも、かわいらしくてほっとけない感じの子ぉたちやし――」

口ごもる希。

クスクス――やだ、私が赤くなったのを本気で怒ってるのと勘違いしてる。

まあ、そういうことなら許してやるか！

そもそも授業サボって屋上なんかに行ってるから悪いのよ。

っていうより。

「ってことは、じゃあやっぱりスクールアイドル部、創設しようって考えてるの？　あの子たち」

「うん、そうみたいなん。でもウチはそう簡単には行けへんと思うって言ったんよ？　だって、なにしろこの学校はあと3年しかタイムリミットが残されてないのに、いまさら新部創設っていうのもなかなか難しいやろし、先生たちかてそれどころやないっていう雰囲気は生徒会手伝ってたらいくらウチでもなんとなくわかるし、そもそもそんな部活に生徒が集まるかどうかも、わかれへんし――」

「まあ、希みたいなうっかりものが〝アイドルになれる〟っていう撒《ま》き餌《え》に引っかかることはあるかもしれないけどね」
「まぁな♡　それにあの子——言い出しっぺの穂乃果ちゃん、いうたっけ？　あの子のうちはおまんじゅう屋さんらしいから、仲良うしてたらまんじゅう１０％割引きとか、なにかいいことあるかもしれへんし♪」
そっちか。
思う間もなく希は——でもそのあとを急に真面目な表情になってつづけた。
「ほんでも——な。そんなふうに〝やめとき〜〟って、ウチにしては珍しくおせっかいな老婆ゴコロで言ってみたんやけど」
老婆心《ろうばしん》。
心の中で湧いた突っ込みを声に出しては言わなかった。
「けど、なに？」
「けど——あの子ら、全然あきらめる気配なんてないねん。ウチな、こないだ神田明神さんに行ったとき、見かけたん」
「あの3人が音ノ木坂学院が廃校になりませんようにって、お祈りしてるとこ？」
「うぅん、なんや明神さんとこの男坂あるやろ？　あの急な長い階段のところをジャージ姿で——必死に歌いながら往復してる3人の姿。もうへとへとであごが上がってるのに、小さい子ぉみたいにやけっぱちになって、夕日に向かって歌ってるん」
一瞬、心の奥がしんとして。
でも——その光景を思い浮かべたら。
プッ。なんか思わず笑っちゃった。
希もつられて笑ってる。

「そんな姿見てたら――なんや応援したくなるやんか♡　そやから、甘酒の差し入れしてな、ちょっと話聞いてみたん。なんで急にこんなこと始めたのかって――」

希はそこから。また急に真面目な顔になって、私から目線を外した。どこか遠くまっすぐに続く、私には見えないこの道の向こうを――見通すような目つきで。

「穂乃果ちゃんのスクールアイドルな、聞いてみたらやっぱりまるっきりの思いつきで――エリちみたいにしっかり勝算なんてなーんも考えんと、ただ、近所のUTXがあんなに人気があるのはA-RIZE《アライズ》のせいかもって思って、ライブを見に行ったんやって。そしたらこれがもう体育会系天然少女穂乃果ちゃんの想像をはるかに上回る、キラキラパワーいっぱいのステージで、見たとたんに、これだ！って穂乃果ちゃんは思ったらしくて――」

やっぱり。

そんなことだと思った。

私は複雑な気持ちになる。

最新設備が自慢のUTXとオトノキを比べたら、そりゃあ施設や中身の違いでオトノキが劣るのはしょうがないと思うわ。

でもその代わり、オトノキには歴史も伝統もあって、そういう学校としての正統な内容に対する評価よりも、まさかスクールアイドルなんていうミーハーなしろもの（しかもUTXのは自発的な部活っていうより学校のプロデュースだもの）のせいでUTXよりもオトノキのほうが人気ないんだなんて――やっぱり思いたくはなかった。

しかもそのうえ、この情勢の中でオトノキの生徒が――それもバリバリ地元系の穂乃果ちゃんが、今更みたいにお目目キラキラさせて、あっちのほうがいいと思った話なんて、やっぱり聞きたくない――。
「そんでな、もうこれは自分もなるっきゃない！　って思いこんだ穂乃果ちゃんは、たちまち幼なじみの園田海未ちゃん南ことりちゃんを引き込んで、結成！音ノ木坂学院スクールアイドル!!!　ファーストライブはあと3週間後!!　ってことになったらしくて」
「もうファーストライブ!?　始業式から――ここまで展開早くない？」
思わず言ったら希もうなずいた。
「ウチも――そう思う。だからその早さが、ちょっぴり気になったのかもしれへん」
早さが？　私が不思議そうな顔をすると希が微笑んだ。
「廃校の知らせを聞いたらたちまちスクールアイドル、思いついたらたちまちメンバーゲットで、たちまち生徒会にアタックしたら、次はすぐにオリジナル曲でライブ――」
聞いてるだけでクラクラしてくる。
「そんな行動力があったら穂乃果ちゃんが生徒会やったらよかったのに」
つぶやいたら、希がカラカラと笑った。
「ウチもそう思う――けどやっぱりあかんねんな」
「なんで？」
「さっきも言うたやろ？　馬力はあるけど、穂乃果ちゃんにはまーったく計画性っていうもの

がゼロなん。なにしろすべてまるっと思いつきやから。スクールアイドルグループ結成っていうても、男坂でジャージで走ってるくらいやし、オリジナル曲いうても、自分たちでつくれるアテなんて全然なくて、今どうしようか考え中らしい」

クスクス笑う希。

「そやからな、ウチ——そんなん見てたらだんだん面白くなってきて。こんなに危なっかしいのに——この学校の存続のためになにかしなきゃ、なにかできるって信じて疑わない穂乃果ちゃんのこと見てたら、なんやどうにも面倒見てあげないかんような気持ちと、どこか——申し訳ない気になったん」

申し訳ない気、か。

わかる——気がした。

「だってだれよりもいちばんあとに廃校のニュースを知ったらしい子ぉが、あわててこんなに一生けんめいになって、学校を守ろうとしてるのに、ずーっと前からそんなことは知ってて、特になにも考えず、とっくになにもかもあきらめてただ流れに身を任せてたウチは——なにしてんのかなって」

希は私と目を合わせない。

「ウチも——街全体がパワースポットになってるのにひかれてこの土地に帰って来て、この学校に入って。オトノキにはいっぱいもらったものがあると思うん。たとえば——今まで十何年か生きてきて、初めての本音を言える友達、とかな」

不意に目頭が熱くなって、私も希の顔が見れなくなった。

「ウチが3年間ただ幸せに過ごせたら、あとのことはよう知らんと逃げ切りなんて——そんなことしてええのかなって、ちょっとだけ思ったん。フフ——なんやこんなエエ子ちゃんになってるなんてウチじゃないみたいやけど。でも、ウチがそうなったんも、きっとこの学校のこの雰囲気と無縁やないと思う。そやから——ちょっとだけ加勢してみたく、なったのかもしれへん。もちろんウチはほかにもやることぎょーさんあるし、エリちのことほっておけへんからな、もちろん生徒会のほうかてがんばるけど——」

「当たり前よ！　生徒会だってオトノキのためにやってるんだから。そんなスクールアイドルなんかよりずっとずっと直接的にオトノキの有終の美を飾るために——」

最後のところ、少しだけ声が震えたの、わかっちゃったかな。

不安になったら、希が。

「エリち——」

口を開いて言った。

「それにな、あの子ら——なぁーんかすっごい運のよさそうなオーラがあるんよ。ウチな、仲良うしてたらなーんかええことある気がするん♪　そやからな、そんな不純な気持ちでもうちょっと、あの子らのこと手伝うてみよかって思ってるん。実際問題こないだ占ってみたらな、えらい大成功の卦《け》が出て——コレがまた逆に見ると大失敗にもみれるねんけど」

希がそう言ってカバンの中からカードを取り出そうとしたので。

私は「もうそれはいいから！」と苦笑いをしてみせて、道の先を指し示し、そろそろ行こうと促した。

「そやった！　ウチら、近所の学校にパンフレット配りに行く途中やった〜☆」

そんな会話をしてからしばらくして。
放課後、いつもより少し早く帰れた私は――神田明神に行ってみた。
その日は希が巫女さんをしに行ってる日で。
明日の会議の下打ち合わせをしておこうかなって、思ったりもしたから。
そこで――。
見たのは男坂。
希が言ってた通りの――穂乃果ちゃんたちの姿だった。

暮れ始めた春の明るい夕日の中で。
ぜえぜえはぁはぁ。
肩で息をしながら、みんな必死に階段を走って上り下りしてる。
いつの間にか――人数が増えていて。
もう3人ではなくなってた。
なにがなんだかよくわからない歌を、希の言っていた通り、ほとんどやけっぱちに怒鳴るみたいに――空に向かって歌ってる。
あごをあげて、それぞれに。
ぜえぜえはあはあ。
でも必死に。
この空の向こうのどこまでも。
届きそうなくらいの情熱で――。

そのあと、境内でダンスの練習を始めたメンバーたち。

こっちも転んだりぶつかったり。本当に大変だったけど。
とにかく一生けんめいなのは伝わってきて——。
物陰からその姿を見ていたら、ついふらふら出ていって指導したくなっちゃって、困っちゃった。
フフ。
私、こうみえて、踊るのは得意なんだから。
もし私があの中に入ったら絶対に負けない——って、やだ、なに言ってるの私ってば！

顔をカバンで隠すようにして帰った——夕暮れ。

家に帰ってから、シャワーを浴びながら少し考えた。
私ってこれでよかったのかな？
熱いお湯を頭のてっぺんから浴びて。
やっぱり——いいんだって思う。
だって希も言っていた通り。
私はきっとあんなふうに——無心に走ることも、無心に踊ることも、やけっぱちに叫ぶように歌うことも、きっとできない。
だから、私は私の道を行くの。
前を向いて歩く。
学校を守ろうって。

いつまでも続くようにっていう未来は——やっぱり私には見られないけれど。
そんな素敵な——。
そんなうらやましいような未来を、そんな道の先をまっすぐに見つめて。
わき目もふらずに走っていく——そんなかわいい後輩たちの行く手を。
私じゃなくていったいだれが守ってあげられるっていうわけ？
いつだって物事に飛び込む前にはある程度の勝算をもって臨む——
生徒会長のかしこいかわいいエリーチカ♡
この私しかいないじゃない？

バスローブに着替えて、濡れた髪の毛を乾かしながら、自分の部屋に戻ると。
携帯電話の着信が赤く光ってた。
来ていたのは——見覚えのあるアドレスから届いた間違いメール。

くくく受信 ＾ ∨

穂乃果ちゃんへ

今日の練習がんばってたな～♡
ウチがエリチカにアピールしておいたから、エリチカもすっかりその気になって、今日は練習見に来てたみたいだよ♪
ああ見えて意外と恥ずかしがりで、見るだけで帰っちゃったから、今度来たときは絶対、ちょっと無理にでも誘ってあげてな～♥
エリちがμ'sに入ってくれたらきっと鬼に金棒、ワレナベにトジブタやんな♪
ウチの占いではエリチが落ちる日も、もうすぐ――そこかもしれへんよ☆

ね、やっぱり絶対――わざとやってるでしょ？
この子。

Comments♡希

まったくもう、意地っ張りのエリちときたら、ウチがここまでお膳立てしとかんとよう気づかれへんのやから、手の焼ける子ぉやんな♡　ウチはエリちのことよく知ってるから、エリちをひっかけるためのいちばんの撒き餌は、アイドルでも、まんじゅう１割引きでもない、守ってあげたいかわいい後輩やってこと、よう知ってるん♡　ばっちり見事作戦成功！　これで穂乃果ちゃん、ウチに穂むらのまんじゅう２割引きサービスしてくれるかな～♪

03 エリチカ包囲網。

「あ、絵里ちゃんニャ！　おーい、絵里ちゃん、いつから練習に来るの～？　早くおいでよ～、凛は待ってるニャ～☆」

校舎を出て、講堂に向かう途中。
グラウンドのわきを通りがかると、体育の授業中らしく、ジャージ姿にサッカーボールをわきに抱えた１年生の星空凛ちゃんが、こっちに向かって大きく手を振った。
「おーい、おーい、おーい！　絵里ちゃ～ん!!　あれ？　聞こえてないのかニャ？　こっちだよ、こっちこっち、おぉ――い!!!」
無視して通り過ぎようと思ったけど、つい顔が赤くなっちゃって――失敗。
私は凛ちゃんに向けて、大げさに唇に人差し指を当てて見せながら。
「ちょっと、今、授業中でしょ？　私語は控えなくちゃダメじゃない。そんなふうにサボってると先生にみつかるわよ――」

そう言うと、凛が慌てたように首をすくめてキョロキョロ周囲を見回した。

「やば――っ、凛こないだも、体育の時間中に抜け出して肉まん買いに行ったの見つかって怒られたばっかり――」

と、近くの木陰に座っていた同じ１年生の西木野真姫が言った。

「大丈夫、いつもの絵里ちゃんの脅しよ。私はさっきからずっと注意して見てるけど、先生はずっとバレーコートの方で実演中。ほら聞こえるでしょ、あの歓声。先生、バレー部出身らしくて、球技の授業はバレーの指導したくてうずうずしてたのは、ちゃーんとリサーチ済よ。だから私、わざわざサボれるようにって、不人気種目のサッカーを選んでこっちにきたんだもの」

つんと澄ました顔の真姫。

そのまた横にいた凛の幼なじみの小泉花陽ちゃんが小さく笑う。

「そっかぁ――さっすが、真姫ちゃん。そんなことまで調べてたんだね……だから、サッカーはこんななんだぁ」

困ったようにグラウンドを見まわす花陽ちゃん。

言われてみれば、サッカーの授業中って言われても、やっている人の姿はひとりもなくて――ゴールにもたれておしゃべりしてるふたり組と、あとは――。

「5人でサッカーなんてできるはずもないでしょ？　そもそも1クラスしかない1年生の体育でサッカーやろうっていうほうが間違いよ」

冷たく言い放つ真姫の言葉に、たしかに――と深くうなずいて、でも笑っちゃった。

わざわざそれを選んだってさっき言ってたくせに――くすくす。

それにしても――。

「やっぱり廃校寸前の少人数校の体育はタイヘンよね……」

ぽつりと口をついてでたため息に、凛ちゃんが反応した。

「そ、それだよ、それ～！　それだから、ね☆　そんな少人数校の未来を明るくピカーッと輝かせるために、絵里ちゃんもμ'sに入ったんでしょう？　ね、いつから練習に来るの？　今日？　明日？　それとも、あ、今一緒に踊ってみちゃうかニャ？　あ～、超楽しみニャ～！　ごらんのとおり、凛たち今ヒマなんだニャ～♪」

踊りだしそうになる凛をあわてて止める。

「ちょっと！　今、授業中でしょ!?　踊ってる場合なんかじゃないじゃない――」

言いながらカァッと顔が熱くなる。

「っていうか、いったい凛がなにを勘違いしてるのか知らないけど、そんな私、μ'sに入るなんて言った覚えは全然ないわよ!?　いったいだれよ、そんなこと言ったの――」

「えええ～っ、そうなのかニャ!?　だってかよちんが昨日そう言ってて――」

私は赤くなった顔をごまかすために、キッと花陽のほうを見る。

「え、あ、あのその――ご、ごめんなさい、花陽も真姫ちゃんから聞いてすっかりそうなんだって思って嬉しくなって――」

ご、ごめんなさいと小声で繰り返しながら、涙目になる花陽。

その姿に少しだけ罪悪感を覚えながら、真姫に視線を移す。

ふいっと横を向いた真姫。

涙目の花陽から逃れられてホッとした勢いで、問い詰める。

「ちょっと――いったいどういうことなの？　私は生徒会長なんだし、これまで何度も言ってるけど、μ'sの活動には基本的に相容れないって――」

続きを真姫が引き取った。

「――っていうのは、表向きで、本当は絵里ちゃんだって興味は持ってる、だいたいこの学校のことが好きで生徒会長になったのに、学校を守ろうっていうμ'sの活動に共感しないわけがない、あの子はな、意地っ張りだからあんな態度とってるけど、本当は、イヤヨイヤヨも好きのうち、言うてな♪――って」

真姫のへたくそな口真似をそこまで聞いて。

今度は顔が赤くなるどころか、頭のてっぺんからドカーンとマグマが噴火しそうになって、叫んだ。

「もう、希のやつ―――!!!!!」

そんな私の姿を見て、真姫がこっちに向き直る。

「ねぇ、でも――本当にその気はないの？　前にも言ったけど、希ちゃんに乗せられたわけじゃなく、私も絵里ちゃんがμ'sに入るのは必然的だと思うわ。私が見ても――そのルックスは戦略的に有効だと思うし。それに――μ'sっていうグループには今のところ、冷静な頭脳派が私ひとりで明らかに足りてないの。生徒会長が入ってくれたらずいぶん心強いって思ったのに――」

本気の視線。

え――。

一瞬たじろいでしまった私のスキを突くように。
その横で花陽も、まだ少し涙の残る瞳をウルウルさせて言った。
「本当に――花陽もそう思います！　小学校のころから絵里ちゃんはいつもみんなの中心にいたリーダーで、鼓笛隊は指揮者だし、お祭りのおみこしだっていっつも先頭で――今だって生徒会長やってて、本当は花陽なんかよりもずっとずっとスクールアイドルになるべき人なんだもの！」
って、だからその生徒会長だからできないんだってば!
――って言っても、どうも無駄そう。ああ、やめて――そんな捨てられそうな子犬みたいな目で私を見ないで!!
私は〝そうだよそうだよ、だから一緒に踊っていこうニャ〜！〟とじゃれつく凛をなんとか振り払って、その場を逃れた。
ああ――もう。
動揺して、どこに行こうとしてたかも忘れちゃったじゃない!
とりあえず――。生徒会室にもどろうかな。

生徒会室へ向かう廊下を歩きながら――私はやっぱり少し腹が立ってきた。
まったくもう本当になんなのよ、最近のμ'sの子たちが繰り広げてるこの――包囲網。
なぜか知らないうちに私がμ's

に入る、みたいな方向性に話が進んで。
この前も、お昼のパン販売の売り場で、ことりと海未に偶然会ったら――「ついに巻き込まれることになってご愁傷様です」って海未からは含み笑いをされるし、ことりちゃんは、早く私の衣装を作るための採寸をしたいとか言い出すし――。
穂乃果は相変わらずで、私が〝穂むら〟におばあちゃまの好物のおまんじゅうを買いに行くたびに、早くμ'sに入れって毎回説得してくるし、なんだかもうまるですっかりメンバー扱いされて、連絡網回ってくるときもあるし。
「明日は体育館使えるからみんな絶対に遅れないで集合！　穂乃果より（＞▽＜）♡」
って――そんなの私関係ないし!!
なんなの？
このどんどん外堀が埋まっていく感じ。
私、知ってるわ。
この元凶はもちろん――。

目的地についた私はガラリと――わざと大きな音をたてて生徒会室のドアを開ける。
そこにいたのは――。
「あれ？　エリち、どうしたん？　講堂に行って演劇部と打ち合わせしてくるゆうて――ずいぶん早かったやんな♡」
ニコニコとまんじゅうを食べてる――希。
それってもしかして穂乃果からのワイロ!?
キッとなって私は言った。

「もうどうもこうもないわよ!　あなたでしょ!?　私がμ'sに入るってみんなに言いふらかして——もう本当に迷惑してるんだからね。さっきも1年生の3人に会って、これから練習しようなんて言われて。最近、校舎のあちこちでメンバーのみんなに会うたびに、いつ練習に来るのかいつμ'sに入るのか、いつ——」
「いつ——になったらそろそろ観念して、頼れるかしこいエリちの力で、あのどこか頼りないμ'sのふわふわメンバーのみんなのこと、本気で助けてくれるのかって——そう言われるんやろ?」
希がにっこり笑いながら言った。

本気で、助けてくれる——。
なにか言い返そうとして、でも言えなくて——絶句しちゃった。
ふっと肩の力が抜けて。
声が小さくなった。
「私なんかが——そんな、助けられるわけないじゃない」
小さな声で呟きながら、ドキッとしてた。
希に言われて初めて気がついた。
μ'sの話を聞いてから今まで。
冗談半分に誘われてた時期から、なんだかみんながどんどん本気になって来たっぽい今日、今、この時まで。
メンバーたちから声をかけられるたびに、まるで条件反射みたいに——μ'sには絶対に入らない、ありえない、μ'sで廃校阻止なんて無理、そもそも生徒会長なんだから——言い続けることで、目をつぶってきたことは——もしかして、これ?
もう1回言った。

「私なんかが——μ'sのこと助けられるわけない」
大事なことだからもう1回。
うぅん、それは本当のことだから。
オトノキに有終の美を飾るためにと思って、生徒会長を引き受けた私。同じこの土地の、地元で生まれて、地元で育って、地元に根付いた家業のお店もあって——穂乃果ちゃんとまったく同じように生きてきたはずなのに、私は彼女とは全く正反対の選択をした。
穂乃果ちゃんの行動を見て、私、初めて気がついた。
オトノキが廃校になるって言われて——うぅん、実際ははっきりそう言われる前から。
廃校の噂を知ったその瞬間から、もうとっくにあきらめていた私。
少子化だもの仕方ない。古くて施設もイマイチだから仕方ない。
ずっと廃校の噂はあったし。近くに人気校があるから仕方ない。
そんな言葉で耳触りのいい理由をつけて。
あきらめてた。
でもせめて大好きな学校を——かっこよく終わらせたい。
きっと私ならそれができるから。そんな浅い上滑りな心を、私なりの愛校心だって勘違いして、私はひとりでいい気分になってた。
本当はそんなの、楽な方に逃げてただけだったのに。
でも穂乃果は違ってたの。
同じようにこの街を愛してるはずの私と、穂乃果。
片方はすぐにあきらめて学校を美しく終わらせるための力になろうとしたのに。もう片方は——どんなにバカにされても恥ずかしくても傷ついても——学校を守るための力になろうとした。
私はその光景を見ながら、どこか——負けたような気がしたの。

私には見えない景色を、穂乃果は見てる。
それが少しだけ羨ましくて。
そして、自分には絶対にできないことをやるその力を――尊敬したの。だからせめて私は、それなら自分のできる方向で陰からμ'sを支えてあげようって。それくらいしかできないって、そう思って――。
そんな私が――今さらμ'sの力に――メンバーになんてなれるはずないじゃない。
ちょっと泣きそうになった。
慌てて、唇をかみしめて後ろを向く。
やだ、希に見られたくない――。

そんな私に希は背後から、もう1回、静かに言った。
「きっとみんな、単純なんよ。ただただエリちのことが好きで。エリちに入ってほしいって、ただそう思ってるん。エリちならできるって。エリちにしかできないことで――中からμ'sを助けてほしいって」

胸が震えて。
何も言えなかった。どうしよう。
こみあげてくるなにかをこらえるのに精いっぱいで。

「あのな、エリち――ウチ、これ、あのときと似てるって思うん」
「――どんな、とき？」

震える声でようやく言った。

「エリちが生徒会長——頼まれたとき。あのときも断りに断りに断ったのに——結局断りきれんと——引き受けることになってしもうたやろ？」

プッて——思わず吹き出した。

たしかに——似てるかもしれない。

我ながらそう思った。

私の苦手なチキンレース。

いつだって最後は突撃して——自爆しちゃうの。

私は——泣きながら。

笑って。

そして言ってやった。

「それなら、希が道連れになるのも——きっと一緒ね？」

「もちろん、そんなんもうとっくに覚悟してるやんな——」

希の声がのんびり言って、笑い出すのが聞こえた。

Comments♡凛

ほんとに希ちゃんの言う通り～！　凛も絵里ちゃんのことが大好きだニャ☆　だからあのころ、学校の中で、絵里ちゃんの顔を見かけるたびに「おぉーい、絵里ちゃんいつμ'sの練習に——」ってやって——よく怒られたニャ♡　エへへ☆　絵里ちゃんと希ちゃんが入って９人になったμ'sは、まだサッカーはできないけど、野球ならできるようになったね♪　こうなったら全員レギュラー野球で次は目指せ甲子園!!もいいかもしれないニャ☆

04 КРАСНЫЙ《赤い》　САРАФАН《サラファン》

小さな坂の途中にその店はあるの。
昔から——よく通った慣れた道。
木のドアとその横にある小さな窓。
それだけの間口の小さな店だけど、屋根の上には大きな看板。
見慣れない文字で書いてあるその看板には——

「ただいま～」
言いながらドアを開けると、カラ～ンって軽いドアベルの音がする。
カウンターの奥の厨房から、お店の人たちがかけてくれる「おかえり」の声。
ここはこの街に古くからある本格ロシア料理店「赤いサラファン」。
カウンターに並んだ席を通り抜けて奥に進むと、もうひとつ。
テーブル席のフロアの壁のはじっこに小さな部屋のドアがある。
小人の家のドアみたいに上のほうが丸くなってて、上にはちっちゃなマリヤ様のイコン。
開けたとたんに聞こえてくるのは、柔らかい声。
おかえりなさい——の声が響いてくると思ったら。
「あれ？　今日はいないの？」
あわてて振り返ってドア越しに、フロアの準備をしているイリーナさんに声をかけると、町内会の用でちょっとお出かけになりました、すぐ戻ると思います——って言われた。
「なぁんだ！」
私はひとり部屋に上がり込んで、クルミ材のシンプルなソファセットにどさりと座る。オリーブグリーンのビロードが張られたひとり掛けのロッキングチェアはこの店の主——おばあちゃまの指定席。
いつもはずーっとおばあちゃまが座っているから、私が座ることもないけれど。
えーい、主の不在に座っちゃえ♡
ところどころ薄くなったビロードの生地。
古い家具特有のどこか——埃っぽい日なたの匂いは、どこかおばあちゃまの明るい銀色の髪を思い出させる気がした。

――と。

目線の先にあるキャビネットの上に。

いつもは見かけない――真っ赤な衣装ときらりと光る、小さな――。

「指輪？」

気がついて、立ち上がって近づいてみると、それは。

「オトノキのスクールリングだ――」

それは鈍い灰色に少しだけ曇っているシルバーの大きなスクールリングだった。

いかにも古びていて、あちこちにかすかな傷も――入ってる。

「これってもしかしてママの――？」

リングを取ろうとして手を触れたら――その下にある衣装もふわりと揺れた。肩口に大きなレースのついたの白いチュール地のルバシカに、赤と黒のどっしりした生地に金の刺繍が豪華なサラファン。

「うわぁ〜、懐かしい!」

思わず大きな声が出ちゃった。

懐かしい懐かしい――ロシアの古い民族衣装。

赤いサラファンは花嫁衣装の印。

ママに1度見せてもらったことがある。

小さなころ。それはまだ私が小学校に上がる前、ロシアにいたころ――。

ロシアにある私のおばあちゃまの家は、ロシアの中でもだいぶ西寄りのヨーロッパのほう、サンクトペテルブルクの近くにあるの。

って言っても、近くっていうだけで、村自体はけっこうな田舎。

山や森や川に囲まれた自然の豊かな場所よ。もちろんシベリアほどじゃないけれど、冬はすごく寒くなるし、どっちかっていったら、ムーミンの国もすぐ近くて、北欧っぽい雰囲気かな？

緯度が高いから、夏には夜まで太陽が出ていて白夜のように明るい日が続くけれど、そのかわりに真っ白な雪に降り込められた寒い冬の季節には――物音ひとつしない夜の闇が、長く長く続いていく。

そんな夜には、おばあちゃまの家にある古い古いペチカをカンカンに焚いて。

お湯を沸かして甘い砂糖入りのミルクティをママが作ってくれた。

そのとき、蜂蜜入りのちっちゃな揚げパンか、カッテージチーズのパンケーキがでてきたら、もう最高！

外で遊べなくて、イライラして、退屈しきって家の中で暴れかけていた私と妹は――大喜びで食堂の椅子に座る。

そこはペチカのそばのいちばん暖かい場所。

直接ペチカの火の熱にあぶられて、頰が熱くなっていき、おなかには熱くて甘い紅茶とふんわりおいしいお菓子がおさまると――私たちはすっかり幸せになる。

ニコニコ満月の笑顔。

よくふたりそろってほっぺたをつつかれて、ママに笑われたっけ。

そんなとき、いつも、夜のおやつをほおばる私たちの姿を見ながら――編み物をしていたママが話してくれるお話が。

遠い遠い、ママが生まれた国、ニッポンの物語。

私たちも日本生まれだったけど、パパの仕事の都合でこっちに来て

から、赤ちゃんのころのことはほとんど覚えてなかったから——妹とふたりでまるで外国の話を聞くみたいに胸をわくわくさせて聞いたのを覚えてる。
桃太郎にさるかにかっせん。
浦島太郎にかちかち山。
ロシアの野山を駆け回って育った私には、どれも面白くてそんなに違和感がなかったな。
そんな中で——たまにママがしてくれるお話が。
ママの——小さいころの話。
ママが生まれて育った街、トウキョー、カンダ、アキハバラ。
そこはたまに連れて行ってもらうサンクトペテルブルクの街みたいにビルがいっぱいあって、人がいっぱいいて、道は全部アスファルトで覆われていて、夜もその道が真っ暗になることなんか一瞬もない街の話。
ママはそこで育って、おばあちゃまのお店やパパの会社もそこにあって、いつかはエリチカたちもそこに帰るってこと、不思議な気分で聞いてた。今目の前にある、深い山や森や川や——スカーフで頭をぐるぐる巻きにしたまるでマトリョーシカみたいな体型のおばあちゃんたちや、裏庭の花たちや、村のはずれの教会や、最近仲良くなった野良犬のニャーニャや——そんな、みんなみんなとさよならしていつか行く場所のこと。
楽しみだけど、少しドキドキするって思った。
そんな私に——ママは微笑みながら。

あの街で自分が過ごした学生時代のことも教えてくれた。
女の子ばっかりが通う高校があって、そこにはきれいな桜の花が咲いていること。
ママはそこで合唱部に入っていてとても楽しかったこと。
一生のお付き合いになるおともだちを見つけることもできたこと。
勉強はあんまりがんばらなかったけど、授業中にお昼寝するのも楽しかったこと。
近くにあるお菓子屋さんでよくおまんじゅうを買ったこと。
私たちが、食べた記憶の全くない、そのあんこが詰まってるっていう白いお菓子は――おばあちゃまのお気に入りなんだって。
きっと、東京に戻ったら、おばあちゃまのお使いにあなたも行かされるわね――くすくす笑いながらママは私の頭をなでた。
ペチカに照らされて熱くなってる私の髪。
きっと入学したらあなたもとても楽しいわよ――そう言いながら、添えられたママの手の上で、暖かに揺れる炎を反射して鈍く光ってる少し太めの指輪――それがオトノキのスクールリングだった。
ママが大好きだった学校の記念に今も大事に持ってるっていうスクールリング。
「いつかエリチカがその学校に入ったら、その指輪エリチカにくれる？」
そう言ったら、もう眠くなって少しうつらうつらしてたらしい妹が「あー、私も私もぉ！」って急に騒ぎだしてケンカになったので。
ママはふたりに穏やかな声で。
「そのときが来たら、じゅんばん、ね？」
優しくそう言うと、はめていたスクールリングを外してそっとタンスの引き出しにしまった。
胸に残ったのは、少しの期待と不安感——。
本当に、いつか私も行くのかな？

トウキョー、カンダ、アキハバラ——。
遠い遠い東の果ての国。

おや、来てたのかい——と。
後ろから声がして、振り向いたら、ママ！　——じゃなかった。
そこにいたのはママの面影をとっても感じる、よく似た笑顔のおばあちゃまだった。
ぴょんっと立ち上がってハグ。
ぎゅうって身体がつぶれちゃうくらいに力を入れて精いっぱい抱きしめあうのがロシア流よ♡
そして頬と頬をくっつけあってKiss!
おばあちゃまの優しい体温を感じる。
最近少しだけ腰の曲がってきたおばあちゃまはよっこらしょ、と、さっきまで私が座っていた安楽椅子に腰を下ろすと——。
「おや、椅子があったかいね。なんだい、私のために——エリーチカがちっちゃなお尻であったためてくれてたのかい？」
笑っちゃった。
今の私に——お尻が小さいなんて言ってくれるの、おばあちゃまだけだもの。学校では迫力のあるガイジン風スタイルが自慢のロシア

ンクォーターのエリーチカ。

「今日はピロシキを作る日でしょ？　だから手伝いにきたの」

おばあちゃまが嬉しそうな顔をする。

おばあちゃまはこの店のオーナーで、30年前にこのお店を始めたときにはお料理も全部自分で作っていたらしいけど、今ではほとんど引退して——でもね、今でも週に1回だけ作るおばあちゃまのお手製のピロシキはこの店の隠れた名物なの。

私が死んでも——家族のだれかにこの味を受け継いでもらいたいから、エリチカにはちゃんと覚えてもらわないとね！っていうのが最近のおばあちゃまの口癖。

そのたびに私は、まだ死ぬ気になるのは早いわよ、私の花嫁姿を見てもらわなくちゃ——って笑ってごまかしてたんだけど。

ふと——視線がキャビネットの上に、スクールリングと一緒に置かれたままになってる赤いサラファンに向いた。

赤いサラファンはロシア伝統の花嫁衣装。

きっとロシアのママのところから送られてきた——衣装。

もちろん相手もいないし、まだまだそんなつもりはないけど、きっとなんとなく。

けじめのつもりで送られてきたのかなって思った。

もうすぐ——私はけじめの季節を迎えるから。

次に新しい春が来たら、私は——卒業する。

ママが結婚したのと同じ18歳になって。

おばあちゃまが言った。
「お前ももうそんな歳になったのかねぇ――まだピロシキの作り方も覚えてないのに、結婚なんて私はまだまだ早いと思うけどね！」
おばあちゃまはくすくす笑いながら、結婚なんて今どきの子がそんなに早くするわけないのに、全くわが娘ながらやっぱり気の早い子だよと言って、私の体にサラファンをあてがった。
「うん、でも、なかなか似合いそうだね！　やっぱりエリーチカにはロシアの血が入ってる。かしこいかわいい私のエリーチカ――そうだ、ちょっと着てみせておくれ。寸法が合わなかったら直さなくちゃいけないしねぇ――」

おばあちゃまに促されて。
部屋の奥で着替えながら。
私はそっと――スクールリングを指にはめた。

ひんやり指に重いスクールリング。
ママはあの幼い日の約束をちゃんと覚えてて――私にこれを送ってくれたのね。
思い出す。
トーキョー、カンダ、アキハバラ。
まだその地名が実体のないカタカナでしかなかったころのこと。

ママの言った通り、この街は私にたくさんの楽しい時間をくれたわ。
そして、スクールリングをして卒業する——「じゅんばん」はもうここにやってきていて——。
一瞬、詰まった胸の奥のなにかをぐっとおさえて飲み込んだ。
じゅんばん。
私の——私たちの後に続く人のために。
やっぱり私たち、もっともっとがんばらなくちゃ。
オトノキがこれからもずっとずっと——私にくれたみたいな幸せを他の人にあげられるように。
μ'sが少しでも。
その力になれますように。

スクールリングを胸に、祈った——晩い春の日でした。

Comments♡花陽

小さいころ、ロシアにいたころの絵里ちゃんたち、と一ってもかわいい～♡　幼稚園のころの絵里ちゃんは、まるで絵本の中に出てきそうな外国の街で育ったんですね！そう考えると、そんな絵里ちゃんとこうして今一緒にμ'sをしていることが不思議な気持ちになります。もともと絵里ちゃんみたいなすごい人と同じ場所にいられるような花陽じゃないけど——同じスクールリングを持つのに恥ずかしくないように、花陽ももっともっとがんばります！

05 ここだけの話。

見～ちゃった！

それは私がμ'sに参加することを決めてすぐの、まだ初夏のころ。
3年生の教室から、生徒会室へと向かう渡り廊下で。
廊下の真ん中に困ったように立ち尽くす海未。
その手の中には薄い水色の封筒。
そして海未をはさんで向こう側には。
だだだだだ——と大きな上履きの音を立てて一目散に走っていく、
あれは——。
「やっぱり後輩の1年生かな？」

小さくつぶやいたつもりだったのに——聞こえてたみたい。
「絵里——」

海未ちゃんが、ハッとこっちのほうを見て、少し困惑したような、顔をちょっぴり赤くして恥ずかしそうな、それでいてどこか怒ってるような——複雑な顔をした。
「ずっと隠れて見てたんですか？」
こういうときの海未ちゃんにはちょっと気《け》圧《お》される。
「そ、そんな、べつにのぞいてたわけじゃないわよ？　ただ、生徒会室に行こうと思って通りがかったら、たまたま——」
私があわてて言うと。
「たまたま、ですか」
つぶやいて海未ちゃんが肩をすくめる。
「そうよ、偶然たまたま。見ちゃっただけ♡」
私が笑うと、つられて海未ちゃんもクスリと笑った。
「見られちゃいました、か——」
仕方ないというように、ひとつ頭を振るとまっすぐにこっちを向いて。
でも有無を言わせない口調で告げる。
「みんなには言わないでください、穂乃果やことりに知られるとまたうるさいので——」
言いながら、それでも少しだけ。
不安そうな顔が——。
かーわいい♪
私がくすくす笑いながら何度もうなずいて、もっちろん！というと、海未ちゃんはいかにも信用できないという顔で少しだけ——しかめつらをした。
やだなぁ、もう。

そんなに信用ないかな？
これでもれっきとした生徒会長なのに。
――くすくす♡

これから部室に向かうという海未と一緒に、ふたり肩を並べて階段を下りていきながら。
無言の横顔を見せ続ける海未に、私は我慢しきれず改めて聞いてみた。
「ね、それにしても、うわさには聞いてたけど、やっぱりモッテモテ海未ちゃんなのね♡　これで2年になってからのラブレターは何通目？」
海未はたちまち真っ赤になってうつむく。
「ラ、ラブレターなんてそんなんじゃ――。何通目かなんて数えたことないですよ！」
やっぱり、かわいい♡
直球ど真ん中な海未のその反応が楽しくて、私はついさらに突っ込んじゃう。
「えー、だってそれ、きっと〝絶対にお返事ください！　待ってます♡〟とか書いてあるんでしょ？　返事はどうしてるの？」
「返事は――」
絶句した海未。
「か――書いてません」
上ずった声。

「えええええ〜!!!　か、書いてないの!?」

思わず叫んじゃった。

あの礼儀正しい海未ちゃんが、お返事を書いてないなんて！

私、てっきりものすごく麗しい毛筆草書体の巻物のお手紙なんかもらえるんじゃないかって、チョットだけ期待して——。

うーん、これじゃあ妄想か。

海未は珍しくポリポリと頭をかくと言った。

「こういうのは本当に苦手なんです。最初は、ラ、ラブレターだっていうこともわからなくて、ただ〝私のお姉さまになってください〟って書いてあるものだから、ああ、これは先輩後輩として仲良くしてほしいっていうことなんだなって思って、〝喜んで〟〝私なんかでいいのならば――〃って返事をしてたんです。そうしたら――」
海未の顔がボッと赤くなるのと同時に。
私はプ――って噴き出しちゃった。
「そんなことしたら――大変なことになっちゃった？」
「はい――」
言いにくそうにうつむいて言う海未のほっぺは意外にふんわりボリューミィで思わずつつきなる。
「実際、大変なことになったんです。毎日お弁当を作って持ってきてくれたり、行きも帰りも玄関のところで待っていたり、学校帰りに穂乃果のお店によっておしるこでも――と思って立ち寄ろうとすると、ものすごい勢いで阻止されたり」
あーあ。
やっちゃったわね、海未ちゃん。
そういうのほんと疎《うと》いもんね。
「それで結局どうなったの？」
「いや、べつにどういう程のことにはならなくて――」
口ごもる。
だからつい。
その口元のすぐ横のほっぺのかわいくふくらんだところを――つん。
「なによ、そこまで言って内緒なんてずるいわ――じらさないで言ってよ、ねぇ、早く早く――」
つんつんつん♡
「ちょ、ちょっとなにをするんですか絵里――」
あはは♡　なんかこう――海未といると、ついからかいたくなっちゃう、私。って、これじゃあまるでニコみたいじゃない。

——と思ってハッとして姿勢を直す。
ニコと同類には——絶対なりたくないわ、私。
「え、えっと——ゴホン！　じゃあそれで、結局、どういうことになったわけ？」
それでもやっぱり。興味津々♪
女子はいつだってこういう話は大好きなんだもの。続きが聞きたくて目がハートになるのは抑えられないわ♡
「えっと、あの——じつは、そのときやっぱりもらっていた、ラ、ラ、ラブレターっていうか、手紙？　は一通だけじゃなくて——」
一通だけじゃない、ってことは複数？　つまり——。
海未が少しうなだれながら言った。
「はい。いくつもあったんです。でも、私はそれがまさかラブレターだなんて全然わかりませんでしたから、ただ親愛の情を示した手紙だと思って、いただいた手紙のみんなに——喜んで善き先輩としてお付き合いさせていただきます、なんて書いていたんです。これで道場の生徒さんも増えたらいいななんて思ったりもして、１度道場に遊びに来てくださいとも書いたりして——」
「それで？」
「ある日、道場でそんな後輩たちが勢ぞろいして——いったい海未先輩はだれのことが好きなんですか！って問い詰められました——」
ブッッ。

おかしすぎる。
あはは——と今度は大口開けて笑っちゃった。
「それは問い詰められるわね！」
その光景を想像するとおかしすぎて涙が出ちゃう。
「はい——もの知らずでした」
しゅんとする海未。
やっぱり。かーわいい♡
「それで結局ラブレターには返事を書かないことになっちゃったわけか」
「はい。どのように書いても誤解を受けそうで——申し訳ないとは思っているのですが」
言っているうちに。
１階について、校舎の外に出ると、そこはまぶしい陽射し。
もうすぐ夏がやってくるのね——。
海未も目を細めてる。
私は目の前に手をかざしてまぶしい光が目に入るのを避けながら。

彼女より一歩先に前へ出て。
「じゃあ——私は生徒会室に行くから」
背中越しに顔だけ振り返って言うと、海未が心配そうに言った。
「μ'sのほうにはどのくらいで来れますか？」
「少しよ。２０分くらい」
ウィンクする。

「なるべく早く来てくださいね？　全員そろってないとフォーメーションができな——」
言いかける海未を遮るように。
「わかってるって♪　私はいちばんあとから入ったんだし、練習は一生けんめいやるつもりよ。もちろん。ただ、生徒会のほうだってまだ残ってる仕事もいろいろあるし——」
海未が唇をかむ。
「もしかしてまだ私が生徒会のほうにすごく未練があるんじゃないかって、疑ってる？」
にっこり微笑んでみせると、あわてたように「そういうわけじゃ——」と口ごもる。
ほんと海未ちゃんって。
正直っていうか真面目っていうか、お堅いっていうか——。
「あのね、海未は一途な性格だから、μ'sをやるってなったらμ's以外のことは何もかも全部ふっとばしちゃって、それができるのかもしれないけど——」
私は現実的だから。
「なかなかそういうわけにもいかない、私みたいな子もいるのよ。きっと浮気性なのね♡」
あーあ、なんでかしら。
どうもこの子の顔を見てると、少しだけ意地悪がしたくなる。
私ってやっぱりＳ？
やだ、そんなの、見た目通りでつまらないじゃない——。
海未がぶすっとした顔で「待ってます」と言う。
そのほっぺをもう１回つつきたくなるけど——ただでさえ時間がな

いのにそんなことしてたらますます練習に遅れちゃうからやめておこうっと。
そう考えながら、ひとつだけ思いついて。
くるりと振り向く。
「そうだ。ねぇ、海未、さっきもらったラブレターへのいい返事の書き方教えてあげる」
「え？」という顔をしてあっけにとられる海未。
「これ、好感度抜群の内緒のテクニックよ」
私は一歩前に出て海未の耳にそっと口を寄せる。
「いい？　こう書くの――好きって言ってくれてありがとう、でもごめんなさい、私にはもういちばん大好きな人がいます。それは、最愛の幼なじみ、だいすきなほ・の・かちゃ――」
うわあああああああああと大きな声をあげて、海未の顔が真っ赤になる。
「なに言ってるんですか、絵里！　それではまた変な誤解を――」
「なによ、ホントのことでしょ？」

ふんと鼻を鳴らしてみせる。
「海未は他の子と違って真っすぐ一直線なところがウリなんだから、そう言えばみんな引っ込むし、まさか嘘だとも思わないわよ。それどころか、〝穂乃果先輩じゃあ敵《かな》いません！　私、涙をのんであきらめます！　穂乃果先輩と絶対しあわせになっ

てくださいね!!″ってなって一躍悲劇のヒロインに——」

ヨヨヨと泣きまねをしてみせると。

上目づかいでじっとこっちを見ていた海未が怒ったように言った。

「じゃあ、絵里はそういうふうに書いてるんですか？」

へ？

「私、知ってますよ。ニコが言ってました。絵里は生徒会長だし、すごくモテる、この前も休み時間に３年の教室までラブレターを持ってきた後輩がいたって」

あ——もう、ニコのお喋りめ～！

突然の逆襲に焦る私。

「それなら絵里も、書いてるんですね？　後輩が持ってきたラブレターの返事に、ごめんなさい、私にはもういちばん大事な人がいます、それは同じ３年の東——」

「うわあああああああ!」

ちょっと何言ってるのソレ、そんなわけ絶対ない——焦って。

耳の先まで熱くなった。

そんな私の姿を見て海未がくすくす——とこらえきれないように笑い始める。

「ほら、私と一緒じゃないですか」

次第に大笑いになって、少し涙を浮かべ始めた海未ちゃんを見てたら。

私もおかしくなって。なんだか一緒に笑っちゃった。

「女子校って大変よね」

私が言うと。

「はい。なぜかいろいろ、大変です」

海未も笑って答える。

「でも——この学校に入ってよかった？」

私が聞くと海未は笑顔で答えた。

「もちろん。産まれる前からの幼なじみのほかにも——たくさんいい仲間ができましたし」

楽しそうに笑う。

その笑顔がやっぱり。

かーわいい♪って思う私は、ちょっぴり浮気性なのかしら？

ふと思いついて言ってみた。

「もし、私と海未ちゃんが大好き同士ってことになったら——校内は悲鳴の海になるのかな？」

「な、なにを言ってるんですか——」

海未がぎょっとしてあわてた顔をする。

うーんやっぱり。

海未ちゃんはちょっと困ってるときのほうがカワイイと思うな、私は♡

そう思って、小さく海未の頭をなでると。

「さっ、こんなところで油売ってると、ますます生徒会のほうに行くのが遅くなって、待ってる希に怒られちゃう——」

急に忙しいふりして、後ろ手に手を振って歩き出す。

まごついてる海未をひとり残して。

私は生徒会室にいる希のもとへ。

海未は、部室にいるはずの穂乃果ちゃんのもとへと。

かわいい海未ちゃん。
ほんの一瞬の逢瀬は楽しかったわ。
いつまでもそんな純情なままでいてほしい、と──エリチカお姉さまは思っていてよ？
──フフフ♡

Comments♡海未

絵里は、人のことは散々からかうくせに自分のことになるとほんの少しのことでも、あんなに動揺するんですからズルいです。ふいにくるハグとかつんつんも──クォーターの絵里はふだんから慣れているのかもしれないですが、私はまだそういうことには不慣れなのでいきなりされたりするといつも胸がドキドキして──って、ああ、いったいなにを言っているんでしょう、私は！　絵里の示す親愛の情は私にはまだまだ難易度が高いようです……。

06 鐘の音が聞こえる。

時計を見たら。
「まだ時間まで３０分もあるじゃない——」

早く着きすぎちゃった。
駅前の信号をはさんだ駅前ビルのショッピングモールで。
待ち合わせの時間よりずいぶん前についちゃった私は——。
久しぶりにあそこに寄ってみようかなって思いついた。
最近は学校のことや生徒会のこと、μ'sのことなんかで忙しくて、用があるのは学校や家のある須田町界隈や秋葉原がほとんどで、めったにこっちのお茶の水方面に来ることはなくなっていたから。
くるりと方向を変えて、坂の中腹を見下ろせば——本当に。
目にするのも久しぶりの風景が広がっている。
くすっ——こんな不信心者に天の王は罰を当てて下さるかしら？
それともいつも優しいお恵みを下さる生神女《しょうしんじょ》マリヤさまは、こんな私でも——懐かしく迎えてくださるかしら？
ここはお茶ノ水駅のすぐ近く——私の目に映っているのは駿河台、東京復活大聖堂。
近づいて見上げる大きな鐘楼《しょうろう》の緑青色のドーム型の屋根の天辺には、あのころと変わらず独特な形の十字架が光ってた。
通称・ニコライ堂。
私がまだ小さいころ、よく通った御聖堂《おみどう》なの。
思い出す——まだ小学校も低学年だったころの私。

♥♥♥♥♥♥♥

その日は、会館の事務所のほうに用があったおばあちゃまのおとも
をしながら、ニコライ堂に来ていたの。
とっくに聖体礼儀もおわった聖堂の中はすっかり空になっていて、
敷地内も静まり返っていた。
事務室に入ったおばあちゃまを外で待っていた私は、聖堂の陰に入
って真夏の陽射しをよけながら。
あーあ、退屈！
そこに生えてる大きな木にどうにかして登ってやろうと思いついて
（木登りは得意なの、私）、えいっと、２、３歩。
足をかけたそのとき――。
少しだけ高くなった視界の隅――目にしたのは小さい女の子の姿。
開けっ放しになっている大きな門の端っこから、３つの小さな人影
がこぼれ落ちるようにチョロチョロと短い列になって入ってくる。
チラチラ黄色いＴシャツ、ピンクのワンピース、青いキュロット。
まるで信号みたい。
クスクス笑っちゃった。あの子たちも、信徒の子かな？
少し嬉しくなって、様子を見てた。
ふだんの教会はおじいさんやおばあさんばかりで、小さな子どもは
あんまりいなかったから。
だから私はもうそのころすっかり教会のアイドルだったけど、やっ
ぱり大人ばかりの空間は少し退屈で――妹はまだロシアにいたし、
つまらない、他にだれかいたらいいのにっていつも思っていたから。

小さな信号色の３人組は、どこかで見たことがあったような気がしたけど――そのときは遠くてよくわからなかった。

だから登りかけてた木を飛び下りて、そっちに行こうとした瞬間。

３人組がどこか辺りをうかがうようにキョロキョロし始めて。

先頭の黄色いTシャツの子がそろりそろり、抜き足差し足し始めたときにはびっくりして、思わず動きが止まっちゃった。

なにしてるの、あれ――？

どう見ても周囲をはばかるその動き。

どうやら――この教会の関係者じゃあないみたい。

まさか、ちびっこどろぼう？

まだ私も幼かったから、いっぱいイコンのある堂内の壁や、高価そうな聖具、金ピカの至聖所《しせいじょ》のことを思い浮かべて、思わず――不審者発見！って思っちゃったのよね。

だれか呼びに行こうかとも思ったけど、相手は私よりも小さそうな子たちだったから、まさかっていう思いもあったし、大人を呼んできて大事になってやっぱり違ってたら恥をかくし――私は無言で音を立てないようにシュッと木から滑り降りると、３人の後をつけることにしたの。

落ち着きなく、あたりをキョロキョロ見まわしては、警戒しながら――進む３人の小さな女の子。

よく見たら３人はおっかなびっくり、それでも先頭を切って進んでいく、いかにも好奇心旺盛そうな黄色いTシャツの子に、ぴったりくっついて少しこわごわ、でもどこか落ち着いた足取りのピンクのワンピース、そして最後は、いちばん腰が引けていてしぶしぶ、嫌そうに遅れてついていく青いキュロットパンツ――。

なんとも変テコな不審者。
私は肩をすくめちゃった。
Ｏｈ、Нет《ニェット》！　あれじゃあ、まるで図書館でよく見る外国の童話の本にでてきそうなちびっこ泥棒３人組っていう感じじゃない？
きっとこれから、ろくでもない事件を起こして、魔女やらポリスやらを巻き込んでの大騒動になるんだわ――。
そんなことを思った私が見守るその目の前で、３人は聖堂のドアをそーっと開くと――あっ、するりと忍び込んだ!!
私は急いで後を追って、扉の前に立って――そして一瞬。
ためらった。
あの子たちが入り込むのと同時に、またそっと音もなくしまったドア。私はその取っ手を見つめながら思う。
どうしよう、この中でいったいなにが起こってるの？
もしかしてあの子たちは地獄からやってきたサタンの使いで、この聖なる神の家から宝物を盗もうとしてるんだったりしたら?――ああ、怖い。けどダメ！　そんなの絶対このエリーチカが許さない!!!
私は決心してそのドアを開ける。
すぅって小さく息を吸って――。
「そこでなにしてるの？」
私の背後から真夏のお陽さまの光が射し込んで、聖堂内がサァッと照らされる。
精いっぱい怖い声をだしたせいか、至聖所と会堂を仕切る壁――たくさんのイコンがかかった

美しい壁の前に立っていた３人が、カチンと一瞬で動きを止めて固まった。やっぱり――と私は思う。
やっぱりなにか後ろ暗いことをしたんだわ。
私が見つけてよかった――。
まるでメデューサの光に当てらたみたいになって固まってる、ちびっこ泥棒３人組。
「その先は信徒でも入ってはいけない神様の宿る至聖所よ」
私が近づいて行きながらなるべく冷たい声を出して言うと。
そのとたんに。
「へぇえええええ～！　すごーい、この奥に神様がいるんだ～！　やっぱり洋風の教会は違うね！　神様が隠してある場所もなんか真黒なお寺のお厨子《ずし》とは全然違ってて、かっこよくてすごい豪華だよ～♪　お供え物もおもちやおまんじゅうじゃなくてきっとおいしいパンやケーキなんだろうなぁ～。なんかここ、いい匂いするもん！」
そう言って鼻の頭をひくひくさせる、とびきり能天気ですっとんきょうな声がどこからか湧いて出て、聖堂内にこだました。
だれ!?　と思ったら、その声を発したのはもちろん目の前にいる３人組のうちの先頭の――黄色いＴシャツの少女。
「ほ――穂乃果ちゃん!?」
それはよく見たら、ウチの近所の和菓子屋さんのふたり姉妹の姉のほう――同じ小学校に通う１歳年下の２年生、高坂穂乃果ちゃんだった。
それに気がついてからあわてて残りのふたりを見ると、すぐ後ろのピンクちゃんはたぶん穂乃果ちゃんと同じクラスのたしか――南ことりちゃん、青いキュロットはやっぱり近所の道場の子の園田海未ちゃん。

「な、なんで、あなたたちがここにいるわけ!?」

すっかり狼狽《ろうばい》した私が思わず叫ぶと、黙って入ってごめんなさいって頭を下げることりちゃんに、だからやめようって言ったのに——と顔を赤くして穂乃果ちゃんをつつく海未ちゃん、そして——。

「ごめんごめん、言い出しっぺは穂乃果なんだ～♪　ここにねキリスト教の神様がいて、日曜日にはみんなにおいしいパンを無料《タダ》でくれるっていうの、聞いたの。絵里ちゃんが通ってるっていうのも聞いた。穂乃果ね、前からこの不思議な建物の中がいったいどんなふうになってるのか、すっごく気になってたし、おいしい魔法のパン、食べてみたいって思ったけど、でもきっと絵里ちゃんに頼んでもダメだよってみんなから言われてたから——だからね、探検！　探検に来たんだ♡　ね、ふたりとも、見つかったのが絵里ちゃんでよかったね～、これなら怒られないですむよ！」

そう言って隣のふたりの顔を見ながら、テヘへとどこか誇らしげに笑う穂乃果ちゃんに。

ああなんかものすごくいろいろ勘違いしてる——。

私は、まるで間違い探しのワークシートみたいに突っ込みどころだらけのセリフに、もうどこから説明していいのかもわからないくらいがっくりきたけれど。

でもどこかでほんの少しだけ、嬉しかったのを覚えてる。

この教会に興味をもってくれたこと。

私がここに通ってることも知ってたこと。

そして、私に見つかって詰問されてるっていうのに、すっかりホッとして嬉しそうな顔をしている穂乃果ちゃん——。

それまで私、毎日曜日にここに通っている自分は少し特別なんだって、心のどこかで思っていたの。

正教会に通っていること。それはこの金色の髪のように——周囲のみんなから私を少しだけ浮き上がらせる、独特の印のように思えた。

そのころ、正教会についてきちんと知っている人は大人だってそう多くはなかったし、このあたりは神社が多いから、氏子やお祭りには慣れていても、キリスト教の、まして正教の信者なんてほとんどいなかったし、中でも子どもは、この教会に通っているときの私に対してだけは、どこか遠い態度をとることも感じてた。

だから私、教会のことはあんまり友達にも話さなかったし、それは——聖なることなのだからそれで当たり前なんだって勝手に変な理由をつけて、いつの間にか自分を納得させてたの。

教会の鐘の音が鳴るときの胸が痛くなるような気持ちや、低い声の重なる詠唱に少しだけ怖くなるときの気持ち。

そしてなぜか一歩足を踏み込んだだけで、急に口が重たくなるような、厳粛で、でも少しだけ憂鬱な気持ち——。

それは全部、他の子とは共有できない私だけの重し。

それが——なんでかな。

彼女たちがこの聖堂にいる姿を見ていたら——初めて。

バーンって。

胸に突然大きな風通しのいい穴

が空いたような気がしたの。

太陽の光が射し込んで金色に光るイコンの壁の前で。

けらけら笑っている穂乃果ちゃんと海未ちゃんにことりちゃん。

信号色の３人が、まるでだるまさんが転んだみたいにかたまっていたのを思い出したら、笑えてきた。

ああ、神様、ごめんなさい。

この神聖不可侵な場所で、私はなんだか――すごく面白いものを見ちゃいました。

不意に大きな重しが外れたように体が軽くなって。

笑いが止まらなくなった。

その様子を不思議そうに見ていた３人が、やがてつられたように笑い出す。

「聖体礼儀用のパンは薄い紙みたいなもので味もなにもないのよ、穂乃果ちゃんちのおまんじゅうのほうがずっとおいしいと思う」

私が必死に笑いをこらえながら言うと、穂乃果ちゃんも笑いながら言う。

「ええ～！　ハイジの絵本のふわふわのバター付きパンみたいなの想像してたのに～」

不謹慎な私。

こんなふうに過ごす日曜日は、きっと初めて――。

私はその日を境に、あまり教会には行かなくなった。

なぜかしら？
その理由は今でもよくわからない。
ただ、毎週教会に通っていた、真面目でお堅いロシア少女は――日曜日にはみんなで「探検」もありなんだってこと、生まれて初めて知ったのかもしれない。
今思えば、穂乃果ちゃんの「思いつき」と無鉄砲さはこの時からしっかりあったのね。
そしてその穂乃果ちゃんに振り回される、海未ちゃんとことりちゃんの姿も――。
――くすくすくす♡

久しぶりの聖堂で少しだけ祈りをささげて――外に出ると。
もうすぐ待ち合わせの時間になってた。
駅に向かう坂を上り始めるとまぶしさに目がくらむ。
ふと思い出した――昔の光景。
なんでもない、なんの意味もない、幼い日の――ただのワンシーンなのに。
きゅっと胸が痛くなった。
この街のあちこち。
いたるところに――きっと、こんなふうに思い出は眠ってる。
だって、ここが私たちの育った街なんだもの。
そう思ったら、オトノキを守りたいっていう穂乃果ちゃんの気持ちがなんだかまた胸に迫った。

あの子の言うことは——いつも私にはうなずけないことが多い。
だって——言ってることがめちゃくちゃなんだもの。

でもね、いつだって私には考えもつかないようなことをやる——うぅん、違うな。
考えもつかないんじゃなくて——もし考えついたとしても、絶対に私ならやらないようなことをするのが穂乃果ちゃん、なのよね。
私だって、街中に不思議な建物を発見して、中はどんなふうになってるのかなって思うときくらいあるけど。
でもドアが閉まっていたら入らない。
だってそこは私にはなんの関係もない場所だから。
ただ見るためだけに規則をおかしてまで入るなんて——そんなことは私は一生しない。
だってそこになんの益もないから——。

ずっとそう思っていた私に。

結局スクールアイドルさせちゃうなんて、ほんとにもう！
穂乃果ちゃんって本当に——暴力的なまでのパワーをもってる。
そう思ったから。
私もこのμ'sっていう船に乗ることにして——よかったのかな？

そっと祈った神様の声は、私には聞こえてこなかったけれど。
でも太陽の光がこんなにまぶしいから、きっと——よかったんじゃないかなって思う。
こんなふうに思うのも——もしかしてμ'sの影響？
ああ、もっと合理的思考回路の生徒会長エリーチカだったはずなのに。

神様、あなたのアナスタシヤ・エリーチカの心からのお願いです。
これからもこの街でずっとずっと私たちの時間が続いていきますように。
この街のあちこちで輝いてるこうした思い出のすべてが。こうして思い出すだけで胸が痛くなるような、たくさんの美しい記憶が——どうかこれからも私たちの中に積もり続けますように。
いつか、この街でもらったすべての幸せを——今度は私が守る手になれるよう、私の大切な仲間たちのために、役立てる本当の愛と勇気の力をどうか私に与えてください——アミン。

Comments♡真姫

私は、穂乃果ちゃん派に宗旨替えする前の、「なんの益もないこと」には、絶対に手を出さないっていう絵里ちゃんの意見が大好きで大賛成——だったはずなのに。気がつけばいつの間にか私もμ'sで踊ってるのよね。クスクス——お互い変なことになっちゃったわね。まだ教会に忍び込んでちびっこ泥棒してたときから、あの3人を知ってる絵里ちゃん。やっぱりμ'sの面倒を見る役目になることはそのときから決まってたのね、きっと♡

07 校庭の桜の木。

その日は都心にはめずらしい大雪が降った翌日で。
学校の周りでは朝からあちこちで、雪にはまったり雪を投げあったりしてはキャーキャー騒いでる生徒の声が響き渡ってた。

「楽しそうでいいわね……」
指定席の生徒会室の窓から、そんな校庭や校舎の風景を見下ろしながらつぶやくと。
〝なにお年寄りみたいなこと言うてるん？　エリちもそないに斜にかまえんと、うらやましかったらうらやましいってはっきり言ったら？　そんでな、「エリチカも混ぜてぇ～♡」言うて一緒に遊んできたらよろしいやん☆〟
たちまち背後からそんな声が聞こえてきそうな気がして。
私はびくっと肩をすくませた。
「――って、今日はいないんだった」
いつも一緒に生徒会を手伝ってくれてる希は、今日は不在。
授業前の早朝活動だから、相変わらず減らないただの寝坊でいないのか、それとも最近妙に神田明神のこととかなんかで急に忙しそうにしてるから、なにか

計画してることでもあるのか——。
あの子もあれこれ考えていないようでやっぱり考えてるときもあるから。
たしかに、そういう季節なのかもしれない。
雪の残る校舎の景色を見下ろしながら、私は思ってた。
寒い冬が来て雪が降って。
そして——もうすぐ。
この季節が過ぎたら、もうすぐ暖かい春風の日が来ることを。

この窓からは、眼下に校庭に立つ大きな桜の木が見える。
この学校が始まったときからある桜の古木。
春が来るたびに。
天に広がったその枝に——今日はずっしりと重そうな融けかけの湿った雪をまとって寒そうに立っているけれど。
春になれば、頭上にふんわり漂う雲をいただくように満開の花を咲かせて——生徒たちを祝ってくれる。

卒業と入学のその時期だけ——
桜色の雲の下を行き交う生徒たち。
太い幹に大きなうろ。もう何年も前から、寿命が近いかもしれないって言われ続けながら、毎年満開の桜吹雪を舞い散らせているあの大木は、まるで音ノ木坂学院の歴史そのものみたいにも思える。

生徒たちはひそかに噂してる。
３年後の廃校を迎えたら、あの桜の木もきっと力尽きて枯れてしまうんじゃないかって。
うぅん。
もしかしたらあの桜はもうとっくに寿命を迎えているのかもしれないのに、この学校の最期を見届けるために――尽きた命を燃やし尽くして、踏ん張っているんじゃないかっていう話さえあって。
人に心があるように。
木にも、そしてこの校舎にも――もしも心があるのなら。
たしかに。
もしかしてこの音ノ木坂学院がなくなることをいちばん惜しんでいるのはこの学院そのものかもしれない。
だって、どんなにがんばったってたったの３年しかこの学校に存在することのない私たち生徒なんかよりもずっとずっと多くの――切ない別れと新しい出会いを、花咲く春が来るたびに繰り返してきたのは、この学校なんだもの。
数知れない無数のでもかけがえのない高校生活を見守り続けた、私たちの音ノ木坂学院――。

「へぇ～、桜の木に寿命があるなんて初めて知ったニコ！」
放課後になって、生徒会室でため息をついていた私にニコがそう言いながら、〝はいこれ、ちゃんと全員に聞いてきたけど、応募者ゼロだったよ！〟と言って、候補者名簿を返してきたときには、本当にがっかりしちゃった。
「杉やヒノキは何百年も長生きするものもあるようですが、桜は種類にもよるものの、意外と長寿ではないんですよね」
そう応えながら、申し訳なさそうな顔で私から目をそらしつつ、やっぱり名簿を返してよこす海未ちゃん。
その紙面を見るまでもなく、顔に書いてあるわね。
〝残念ながら２年生の応募者はゼロです――〟
そして最後は真姫。
「やだ、ニコちゃんってば、知らないの～？　桜っていったら老若男女問わずの日本最大の〝アイドル〟なのに。あのね、桜っていちばんポピュラーなソメイヨシノの寿命が人間並みで、100歳を超えるこの学校の桜みたいな古木は相当に珍しいのよ？　しかも、知ってる？　じつは、日本に生えてるソメイヨシノはすべて接ぎ木で増えたもので、接ぎ木ってつまりクローン再生、いわば日本各地のソメイヨシノはみんなクローンコピーか、きょうだいか双子のアイドル軍団っていうわけ――」

こちらにむかって突き出した名簿には目もくれずに、ニコに向かって生き生きとうんちくを垂《た》れていたけれど。
「ええ～、なんじゃそりゃ！
日本全国のサクラがみんなきょうだい～!?　うーん、でも、大丈夫、ここまでμ'sを育ててきたニコニーたちだもん、さくら軍団には負けないニコ！」
突然大きな声で叫ぶニコの横で。
「ねぇ、やっぱり駄目だった？」
結局、いちばん聞きやすいからやっぱり真姫に聞いちゃった。
「そ、それは——」
不意を食った真姫は、言いにくそうに一瞬口ごもって。
でも次の瞬間少し不服そうに言い返した。
「でも、いくら人不足って言っても、やっぱりいきなり１年生にっていうのは無理があると思うんだけど。順当にいったらやっぱりこれは２年生の問題で、しかも１年生は、そもそも廃校問題のせいで２年生の半分しか人数がいない、たった１クラスしかない学年なんだし——」
そう言われたら、うなずくしかなかった。
「だよね……」
力弱く笑う私に、真姫が少しだけ毒気を抜かれたような顔をして止まり、その横では海未ちゃんが見た目にも肩幅を狭くして、申し訳なさそうに顔を赤くした。
「す、すみません——２年生はこれまで優秀な３年生の陰に隠れていたせいか、どうものんびりしたタイプの子が多くて。全員に聞いてみたのですが、みんな私には生徒会長なんてとてもとても無理って逃げてしまって——」
「生徒会長の跡継ぎ問題ね——」
ニコがいかにもわれ関せずという顔でつぶやいた。

そう。

μ'sの活動に参加し始めてから半年以上がたって、生徒会長との両立にもだいぶ慣れ、スクールアイドルのほうも軌道に乗って、２月には過去最大のライブも企画してる——私の頭を最近いちばん悩ませているのがこの問題。

先生から今年はついに引き受けてくれそうな子がひとりもいないって聞いたのはつい先日のことで——それからこうして自分でもめぼしい子のリストを作って、各学年のμ'sメンバーに聞いてもらってみたりしたんだけど。

無駄な努力だったか——。こういうときこそ、廃校寸前の弱小校の人数の少なさが身に染みるわね。

たしかに私たち３年生はまだ３クラスあるけれど、２年生は２クラス、１年生は１クラスと、加速度をつけて急降下していくこの生徒数構成では仕方のないことなのかもしれない。

もう雪が降る季節。

そろそろ後継者が決まらないと、生徒会はいったいこの後どうなるのか——。

「たしかに２年生はのんきそうな子が多いもんね。もうこうなったら絵里ちゃんが２回続けてやるしかないかもニコね？」

ニコが無意味に両手を立ててウサギの真似をして跳ねると。

「もう１度２年生を回ってみましょうか……」

ニコの冗談を完全スルーした海未が、遠慮がちに言った。

すると。

「絵里ちゃんが２回って、そんなことできるわけないでしょ!?
もう３年なんだから――」

ああ、どうしたって突っ込まずにはいられないのね、真姫――。

「ごめん、みんなありがとう。でも、この問題はこれでいったん打ち切りにするわ。先生に言われたから私もできるだけの努力はしなきゃって思ったんだけど、なかなか難しいわよね」

「そやんな。そもそもエリちかて、先生に何度もプッシュされて、しぶしぶ引き受けたんやし――」

それまで無言で、テーブルの向こうでお茶を飲んでいた希が言った。

「それにしても、遅いやんな？　どこいったんやろか、ウチのまんじゅ――」

言いかけた声と。

「希ちゃんいる～？　持ってきたよー！　おまたせ、神田〝穂むら〟特製の雪見まんじゅう、まだほんのりあったかいからみんなで一緒に食べよ――」

廊下の向こうから大きな声が響いてきたのは同時のことで。

ニッコリ笑顔を作った希がゆっくり立ち上がって、私の両肩に手を置いた。

「まあ、あんまり真剣に考えすぎんと。まんじゅうでも食べて一息つこ？」

希に押し出されるように生徒会室の入口に向かい、ガラガラぴしゃんと派手な音を立ててドアが開くのを呆然と見守る。

その向こうには――どうやら走って家までおまんじゅうをとりに行っていたらしい、雪まみれの穂乃果ちゃん。
ニコニコと満面の笑顔で息を弾ませている穂乃果の顔を見ていたら、ふいに頭の奥がスパークした。
暗い脳裏の奥の奥で、ひらめく真っ白な光。
あれ――なにか捕まえられそうな、思ってもみなかったアイデアが――。
思ったとき。

「あ〜、みんなもいたんだぁ♡　あのね、希ちゃんとお昼に雪合戦してたらね、この久しぶりの大雪見てたらなんだかあちこちに積もった雪が、まるでおまんじゅうみたいだねって話になって、そしたら穂乃果、あ――今日はおばあちゃんが伝説の雪見まんじゅうを作ってるかもって思い出して、そしたら絶対に食べてみたいねってなって――ほらほら見てこれ、半透明のはぶたえもちでできたみたいなもっちもちのやわらかいおまんじゅう――」
興奮した様子で室内に入ってくる穂乃果に気圧されるように。
私は一歩あとずさって、でも――。
「ちょ、ちょっとまって、穂乃果ちゃん、いま私、ちょっと思いつきかけたことが――なにかすごく画期的なこと――ああ、でも、ダメ、このアイデアがどこかに行っちゃう前にちょっと、そのままじっとして――」
あわてて穂乃果に駆け寄ったら。

つるり。

滑ったのもよくわからないくらい。

一瞬で勢いよく足がふわりと宙に浮いて。

ステーン―――

リノリウムの床に硬いものが跳ね飛ぶマンガみたいな音が、見事に頭の中に響いた。

なにが起こったのかわからなくて。

ただ、視界の端にとらえたようなとらえないような。あ、穂乃果ちゃんの上履きの足元、びしょびしょで水が溜まってる――。

次の瞬間には――。

目の前が真っ暗になってた。

「あかん、もうだめやんな。もう少しこのままにしとこ♪」

「えええええぇ!?　それって意識不明ってこと!?　どうしよう穂乃果、絵里ちゃんのこと殺しちゃった……」

「大丈夫、息してるから死んではないニャ☆　きっとただ眠ってるだけニャ」

「いつも忙しそうながんばりやの絵里ちゃんだから、今日も寝不足だったのかも――」

「苦労性の絵里ちゃんだもんね、このまま一生なにもかも忘れて夢の中に眠り続けてるほうが、きっと幸せかもしれないニコよ♡」

「んーなわけないでしょ！　でも、もしかしたら軽い脳震盪《のうしんとう》かもね。起きたら病院に連れて行った方がいいかもしれない」
「あ、それなら私が付き添います。脳震盪は道場で何回か見たことがありますから」
「あ、ことりも一緒に行く！　もしケガとかしてたらママに相談したほうがいいし——」

真っ暗な中で寝ていたら、ゆっくりと聞こえてきたのは——そんな声。
ああ、もう、みんな好き勝手に言いたい放題じゃないの！
腹が立って、起き上がって、怒ってやろうかと思ったけど、目を開けようとしたら瞼《まぶた》の上になにか重しが乗っていて。
——冷やしたタオル？
それがなんだかすごく気持ちがよかったから。
しばらくそのままじっとしてた。
ひんやり。
湿った冷たい暗闇が心地よくて。
ああ、このままもう少し寝たふり——してようかな。
なんだか今日は気分的にもうすっかり疲れちゃったし。
なんて、思ったところで。
カチリと誰かがスイッチを押す音がした。

そのとたん。
突然の大音量で勢いよく、飛び出すように——音楽が流れ出した。
ピクリ。

すっかり気分よく寝込んでやろうとしてた私の身体が反応する。
それは、あまりにも聞きなれたあまりにもなじみのあるあまりにも大好きな——μ'sの曲。
ああ、身体が自然に動き出しちゃう——。
思わず動いた指先に、だれかの笑い声がした。
「やっぱり狸寝入りニコ♪」
「えええ〜、本当なの絵里ちゃん!?」
「エリち〜、こけたついでに練習サボろうなんて、そうは問屋がおろしまへんで〜♪」
あまりにもコッテコテな希のセリフに脱力して。
笑っちゃった。
濡れタオルの下、目を隠されたまま、くすくす——我慢できずに。
すると、ああ〜本当に狸寝入りだ〜！ってみんなの叫ぶ声がして。
穂乃果ちゃんが跳ねた。
「うわーい、よかった♪　絵里ちゃん生き返った♡　ね、この曲聞いてたら穂乃果も踊りたくなってきちゃったよ！　それじゃあ、みんなで早く部室行こうよ〜♪」
みんなの歓声が室内に鳴り響く。

振り返れば——μ'sが始まってから、私はずっとこんな感じ。
思いもよらない出来事や、想像もしてなかった展開にいつも振

り回されて。
気がつけば。
猪突猛進に走ってる。
細かいことは気にしないで、いつも目の前のことにひたすらに——がむしゃらに。走り続ける穂乃果に引っ張られて。

——あ。
うぅん、違うかな？

走り続けてるのは——穂乃果だけじゃなくて。
きっとことりも海未も、真姫も花陽も凛も——。
そしてニコも希も。
きっと同じ。
その時々で、誰が先頭になるのかは変わったりもするけれど、でも、μ'sの9人、このメンバーの中で。
だれかが転んで足を止めそうなときには必ず、だれかが走って——みんなを引っ張ってる。
猪突猛進に。
ひたすらまっすぐ。
細かいことは気にしないで——。
ひたすら、前へ前へ。
私がいつも、ついついしちゃうような——先回りや見通しや悲観的な考えなんて、なにもかも吹き飛ばして、いつもμ'sは進んでいく。

だから私は、不安になる。
そんな8人のメンバーに囲まれて。
私は——同じように走れている？
μ'sの活動をしているとたまにじれったくなる時がある。
あまりな無計画ぶりにあきれて、そんなことじゃあ、ダメよ、やっぱり物事は計画的にやらなくちゃ！って思うときもあれば——それとは逆に、あまりに意外なスピード展開に圧倒されて、こんなに本能的なグループに私なんかが入っていいのかしらって思うときもある。
私みたいな理詰めの人間はかえってこのグループの足を引っ張るんじゃないかしら——っていうのは、これは、だれにも言ったことのない密かな小さなコンプレックス。

でも——。
今日みたいな時は、やっぱり思う。
そんなコンプレックスこそ、いちいち気にしたりなんかしないで——細かい不安も悲壮な予測も全部なにもかも吹き飛ばして——前に進んでいくのがμ'sなんだってこと。
私もそんなμ'sの一員なんだから。
もう考えるのはやめようかな。
来年の——生徒会長がだれになるかなんて、もうそんなことどうでもいいじゃない？
今は私が生徒会長なんだから。
だから、精いっぱい、最後まで——その務めを果たすことだけを考える！

そして、この学校の存続の未来をかけて、みんなで始めたμ'sを。
そのメンバーの一員として、最後まで精いっぱいやり抜く!!
きっと、私に必要なことは今はこれだけ。

信じます。
私も。
μ'sがくれる奇跡を。
この素敵な私たちの大好きな学校が、ずっとずっと永遠に続きますように。

私には予感がするの。
常に理詰めの私には珍しい――なんの根拠もないただの予感。
それはきっと、私たちのこのμ'sの活動が、成功するのか失敗に終わるのか、それは全然わからないんだけれど――でも。
きっと私たちμ'sは世界で１番輝くスクールアイドルになれるっていう予感。

私たちはアイドルだから。
勝ちとか負けとか、結果とか成果とかじゃなくて。
ただ、この輝きを。
形はないかもしれないけれど、でも私たち９人の間に今たしかにあふれてるこの精いっぱいの気持ちを――。
ただみんなに伝えられたら、それでいいのかもしれない。
やっと今、そんなふうに思える。
そしてそんなふうに思った私の視界に、今こそ――真っ白に輝く果

てしない道が見える気がするの。
きっとこれがみんなが見てるの
と同じ景色――。

μ'sは私に大事なものをいっぱ
いくれたわ。
そんなμ'sのために。
私も本気で祈って叫ぶ。

叶え！　私たちの夢――。

私たちの音ノ木坂学院を、μ'sを見たみんながどうか永遠に愛して
くれますように。
私たちの想いが、どうかあなたの中に、永遠にキラキラと輝く結晶
のようにずっとずっと残りますように――。

Comments♡穂乃果

μ'sは――たしかにいちばん最初は穂乃果が言い出したことだったかもしれないけど、でも、穂乃果だけだったらきっとなにひとつ実現できなかっただろうっていうこと、それはきっと自分がいちばん知っています。なにひとつ持ってない私にみんなが少しずつ力を貸してくれた、そのことが奇跡だから。これからも絶対。穂乃果は自分にたったひとつだけある力、あきらめない心でまっすぐ前を向いて行きます！　だからみんな、これからも、ずっと一緒に。ずっと穂乃果たちについてきてね!!

ラブライブ！
School idol diary ～絢瀬絵里～

2014年4月5日 初版発行

著者……………公野櫻子

イラスト…………室田雄平、音乃夏、清瀬赤目

デザイン…………大堀 等(simply)

ロゴデザイン……鈴木浩之

協力……………2013 プロジェクトラブライブ！
サンライズ
バンダイビジュアル
ランティス
ブシロード

印刷・製本………共同印刷株式会社

発行者……………塚田正晃

プロデュース……アスキー・メディアワークス
〒102-8584
東京都千代田区富士見1-8-19
電話 03-5216-8385（編集）

発行……………株式会社KADOKAWA
〒102-8177
東京都千代田区富士見2-13-3
電話 03-3238-8521（営業）

Printed in Japan

ISBN978-4-04-891727-8 C0076

小社ホームページ **http://www.kadokawa.co.jp/**